もう一度、学校に戻る──始めよう、30代の東京新生活

東京開學

出發吧！30代的新生活

張維中 著

目次。

東京開學

這樣的地方，那樣的自己

自序——

老學生，新靈魂

嚴格說起來我這個人恐怕是很不務正業的。

許多人都誤以為我是中文系畢業的，其實我是念英文系，而且還一路念完了研究所。英文系出身的我，在二十歲的那年出版了第一本書以後，開始接觸出版圈，畢業後從事出版和雜誌的編輯工作，內容也是中文而非英文。前兩年，回到母校大學教書時，照理說也該是回到英文系才對，不過卻因為中文創作作家的身分，我變成了中文系的老師。而如今，我擱下台灣的工作和生活，出國進修了，選擇的竟是必須用日文溝通的日本。

於是，並不是太意外地，當我告訴周邊的朋友，決定到東京留學時，很多人的反應幾乎都一樣。

「你不是念英文系（中文系）的嗎？」

「已經三十歲了，還出國留學？不待在台灣賺錢比較實際嗎？」

「把留學的錢省下來，在台北買個小公寓好一點吧？」

「念完以後，要幹麼？」

老實說，最初只有一、兩個人問的時候，我還能很自信地回覆。然

從我居住的公寓門外拍出去的景象。一年後搬了家，這些夕陽也沉落在記憶裡了。

而，在不同的人面前不斷地解釋以後，我確實也有點搖擺了。

這樣的決定真的好嗎？

因為我確實不是二十歲出頭的年輕人了。以學習為名，有大把的時間足以揮霍，也沒有必須工作賺錢的迫切壓力。

畢業後，工作了五年多的我，過了三十歲，照道理應該和所有我周遭這個世代的朋友們一樣，繼續累積工作的資歷、尋求升遷、努力賺更多錢、過更好的物質生活，然後擁有一個屬於自己的家。我明明又不是貴公子的命，何必要花上所有的積蓄，去國外過著省吃儉用的生活呢？

然而，我最終還是沒有改變這個決定，並且實現了它。

大學時代念英文系的我，其實早就有了畢業後到國外完成碩士學位的希望。第一次腦中浮現出這個想法是在一九九六年，我到美國短期遊學的那個夏天。

當時，我喜歡美國的一切。對於渴求新事物、新情報的我來說，認為能到紐約或舊金山這種大城市裡念書，生活一段時間，絕對是一件很刺激的事情。可是，當時的外在現實和心理狀態，都尚未到達準備好的階段，於是最後選擇在台北念完碩士。

接下來的十年，我完成了學位，出了很多本書，遇見許多人，接觸過不少類型的工作。然後有一天，某個深夜，當我在房間裡整理舊照片時，忽然翻出了那一年夏天在美國拍的照片。忽忽驚覺，十年過去了。

十年過去了，到異鄉長期生活一段時間的念頭，始終仍存在於我的心底，沒有消逝。只不過目的地從美國，變成了日本。

來日本以前的我，生活剛歷經過一場人際關係的重整。當我看見那些我曾經放不下心的人事物，都步上了安定的軌道時，我知道我也必須走向新階段。

從事的工作恰好也告一段落，整個生命彷彿就像是在冥冥之中被建檔封存好了，一種可以準備隨時接收更新軟體的狀態。

於是，我決定給自己一次機會。

四月的早稻田大學校園熱鬧紛紛，社團招新生，花樣百出。

如果可以成行，那就想辦法出發吧！我不想又過了十年以後，回頭再看見當年的照片時，還有跟現在一樣的情緒：想做的事情只存於心裡，沒有實踐。

畢竟，人生哪有幾個十年呢？

經過一連串複雜的申請和審查手續之後，我在二〇〇八年春天來到東京，正式開始了一個人的異鄉生活。

・・・

大約跟高齡產婦差不多的心情，我這個過了三十歲的人，決定離開職場，重回學生身分，也是需要不少勇氣的。因為跟二十多歲的同學們一起上課，相較之下三十世代的我，確實算是高齡的。

所幸我在早稻田大學裡遇見了幾個台灣人，我們的年齡相近（而我卻還是稍長了一點），也有著相似的背景。我們都是在工作了一段時間之後，生命恰好歷經一段磁碟重整的過程，於是決定來到東京尋找新契機。

我們這群老學生很自然地有了相濡以沫的革命情感。

台灣人到了國外以後會發現自己有個優勢，那就是台灣人大多很娃娃臉。比起同年齡的外國人來說，我們會比實際年齡看起來年輕一點。

我們幾個老學生經常遇到一個有趣的問題。當我們不透露年齡時，沒人知道我們比他們大幾歲。但說了以後，常常把別人給嚇到。

剛到早大時，有一天我和學校裡的一群日本學生出遊。他們都是在念大學部的學生。年齡最長者，大約也不到二十四歲吧。因為包括我在內有很多新面孔出現的緣故，自我介紹這種煩人的活動就不得不開始了。

每一個人輪流介紹自己所屬的科系和年級，接著就是年齡。奇怪日本人其實還滿愛問年齡的，大概是想都差不多年紀的吧。總之，最後輪到了我。

當我不太好意思地說出我的年紀時，那群日本學生以為我在開玩笑。從自我介紹變成自我說明，他們終於勉強相信，我是個三十世代的男生。

問我幾歲的日本男生忍不住說：

「完全看不出來。你比我大了快，十歲。」

「……」

我心想，是啊，要是在台灣，你可能是我課堂上所教的學生呢。

又有一次，課堂上做分組報告。那一天，有個同學在報告中玩了個遊戲，類似要把自己生日的數字加減乘除一番，然後會得到一個新的數字，再從那個數字去看心理測驗的遊戲。

我數學很差，這種遊戲對我來說是折磨。因此，我遲遲沒有算出來。

我身旁坐了一個漂亮的日本女學生，以為我沒搞懂規則，於是開口想要幫忙。她拿著筆，準備替我來算。當然，第一個問題就問了我，哪一年出生。

「沒關係，我自己慢慢算。」

我婉拒。其實是不想透露我幾年生的。

「沒關係，我幫你。」

哎呀。我就是不想要說我哪一年出生嘛！真是。

誰說日本人冷漠的？這個很熱情哪。

最後，盛情難卻，我只好說了我是哪一年出生的。

她重複了一次我的出生年次。

「咦？沒錯嗎？」

顯然，她以為我說錯了。

「嗯，剛剛好就是這一年呢。」我尷尬地回答。

「我以為你跟我差不多年紀。完全看不出來啊。」

「……」

還有一種情況是我們常以為某些課程的老師，年紀比我們這群老學生大。但結果卻是跟我們一樣，甚至還比我們還小一、兩歲，只是打扮得過度成熟。

我的同學莎莎有一回跟某堂課的女老師聊起天來。然後，她們問起了彼此的年紀。最後，莎莎順便要女老師猜我幾歲。

「應該二十三歲左右。」女老師說。

我當場失笑。這也太誇張了吧。

「嗯，把數字倒過來，可能還差不多。」我說。

女老師驚訝地說：「完全看不出來啊。」

「……」

「完全看不出來」遂榮登我那陣子「最熟悉的日文」排行榜冠軍。

年齡這件事情，不至於困擾我們，但成為了一樁趣事。至少，看起來年輕總比看起來老值得慶幸吧。

卸下職場身分，在海外重返校園，比起其他的留學生而言，我們或許算是個老學生，但在身體裡面，我們知道，從此住了一個新靈魂。

．．．

若是在二十歲世代出國留學的話，必定是為了學位。但十年後的我，情況有些不同。

學歷對我來說，已經不是最重要的了。我不想多念一個碩士，也不準備深造博士。所以，出國留學這件事情，變成比累積學歷更實際也更貼身的問題。那是自我的充實、興趣的落實、生命的體驗，也是工作的相關延伸。

我在這裡遇見來自世界各地，有著迥異背景的留學生。很多孩子因為年輕，並且家境優渥的關係，出國留學的決定有時並非是自願的，而是父母的期望。甚至不喜歡日本卻來這裡留學的也大有人在。這對於出身在中產階級，想要出國念書就得更加努力的人來說，恐怕是很難想像的。

想當年，如果要我穿成這樣去社團招生，我可能先選擇退社。

常常看著他們的我，覺得很慶幸。

雖然比起他們來說我不那麼青春了，然而，正因為多了一些社會的經歷，並且知道一切得來不易，於是，讓我更懂得去珍惜這改變的機會。

在這個前提之下，每一天、每一回呼吸的吐吶之間，你會發現自己比別人多了更細膩、更寬廣的視野。

究竟是誰規定，什麼年齡就只能做什麼事情呢？

人生短促，世界上沒有任何東西是會等待你的。

只有你自己上前去追，才可能跳上時光的快車，走一段想走的路。

⋮

一晃眼，在東京已經住了一年多。

身體裡住著新靈魂的我，奮力吸收著周圍的一切，同時也慢慢地鋪展開在東京的新人際關係。

一年多說長不長，說短又不短，卻慢慢地能夠看見我和台北的一切，開始發生的微妙改變。

我想起剛到東京去申辦手機時，工讀生店員問我，要不要租用電信公司最新的一項服務：通訊錄保管中心。

只要按一個按鈕，便可以將手機裡的通訊錄資料，隨時上載到網路空間。無論有任何的增減，保管中心裡的通訊錄，永遠都會跟手機裡的保持同步狀態。於是，再也不怕手機遺失或誤刪資料時，彷彿等於也沒了朋友的窘境。因為，一個按鍵，所有的資料馬上可以同步回來。

雖然賣手機的工讀生奮力地解釋著，最後，我還是沒有申辦這項額外付費的服務。不會有這麼多的朋友吧？我心想。在日本認識的人，還不至於會多到需要藉著同步資訊來保管通訊錄的地步。

我偶爾也在想，遠在東京生活的我，究竟還留在台北的誰的生活圈裡呢？不再見面，也沒有共同經歷的事件以後，我和誰之間，可以擁有一枚同步的按鍵？

我帶著一點點的好奇，靜靜看著自己身上每一次的同步狀態。時間為我留下的這一些，以及篩選掉的那一些。

二〇〇九年二月．東京

一人生活

成千上萬的世界
海市蜃樓
單身空間熱水瓶
彈指間，東京租屋
新生活
等待的抉擇
花筏
東京男子廚房
愛的缺陷
木犀飄晚香
夢裡的人

成千上萬的世界

在一個平常日的午餐時刻，準備將申請日本早稻田大學別科文件寄出的我，來到南陽街裡面的一間郵局。

南陽街裡的郵局在中午時最為熱鬧，除了上班族以外，出沒最多的是補習街午休的學生。我在學生堆中好不容易擠到一個窗口，趕緊湊上前，準備郵寄到東京的快捷文件。

窗口的行員是一位中年的婦女。我問她，快捷要什麼時候才能夠寄達東京呢？她算了算回答我，包含週末，下個星期一能到。今天是星期四，也就是說還需要三到四天。

她大約見我有些猶豫吧，於是客氣地建議我：「如果想要更快的話，可以去隔壁的便利商店喔。他們代收DHL快遞，因為有自己的貨機，明天下午就能寄到了。不過，價錢當然是比郵局貴的。」

我的文件如果寄郵局的快捷到東京，差不多要五百多元。我好奇地問她，DHL會貴到什麼程度呢？她搖搖頭說：「不清楚。很多人去了便利商店，又跑回來我們這裡寄，我也沒多問。你去問問看吧，說不定你可以接受那個價格。如果真的太貴了，也可以回來告訴我需要多少錢。」

彷彿是買什麼東西似的，當有人在一旁提醒我貨比三家不吃虧的時候，我就容易陷入一種「不要立刻掏錢」的撿便宜心態中。所以，我果真就去了距離郵局不遠處的便利商店。

店裡有兩個年輕的打工的女孩。我向其中一個說，要寄國際快遞。她一邊整理東西一邊問我要寄到哪裡。我回答，東京。她翻了翻櫃枱抽屜裡的資料，然後告訴我：「一百二十元。」一聽就是不可能的數字。我愣了一下。至少應該是上千元的，怎麼可能便宜到這種程度。我忍不住反問她：

「一百二十元？」

「你不是說你要寄到哪裡？」

她顯然被我驚訝的語氣給弄茫然了，比我還困惑似的。

「東京。」我說。

「對啊，『外縣市』快遞是一百二十元。」她毫不猶豫地說。

天啊！我加重了語氣：「是東京耶！在日本！」

終於，那店員回過神來，一臉恍然大悟的模樣，令她身旁的同事也瞠目結舌。

什麼時候台灣真的變成日本的南海道嗎？寄到東京的國際快遞也變成國內外縣市的宅急便了。

我果然還是回到郵局寄快捷，卻不是因為價格的關係。

我告訴郵局行員DHL的價格時，也分享方才的奇人異事。窗口的中年婦人倒是非常幽默地問我，是不是去7-Eleven寄？我回答是，她揶揄地說：「是囉，大概7-Eleven是日本的嘛，那小女生就因此覺得是同一國的吧。」我們無奈地相視而笑。

幾個月前，我到東區的一間餐廳訂位時，遇見另一個年輕的女孩。她很有禮貌地接受了我的訂位，最後請我留下電話和姓名。

弓長張，四維八德的維，中國的中。我通

→→ 每個人都活在自己的世界，那便形成了代溝與誤解。
→ 我們和各式各樣的人生活在一起，看似存在於同一個空間，事實上卻並存著成千上萬的世界。

常都是這麼解釋我的名字的。弓長張，沒有問題，但我發現當我說到四維八德的「維」時，她的動作停滯了一下。但很快地，她又繼續動筆。然後，我不巧瞥見了她桌上的那張訂位單。

我的名字，被寫成了張「圍」中。

原來，四維八德太難了，對這樣的年輕孩子來說。我的朋友聽了以後安慰我：「她沒寫成張『危』中就不錯了呢！」真是哭笑不得。

這間餐廳和那間郵局，從此以後，竟對我有了不同的意義。當我日後再經過它們的時候，不免再度讓我深信，我們和這個城市裡各式各樣的人生活在一起，看似存在於同一個空間，事實上，卻並存著成千上萬的世界。

每個人都活在自己的世界裡。差別只在於有人能夠自由進出，有人卻很難走出去。那便形成了代溝與誤解。其實是那麼簡單的邏輯，卻又如此複雜難解。

海市蜃樓

前陣子常聽到我朋友說，他頻繁地在路上看到像是蘭姊的女人。他總是鉅細靡遺描述著時間、地點和那個女人的身材與打扮，目的是希望我能確認會不會真的是那個我們共同的朋友。在我的研判之下，有時候我會回答他，有可能是喔；但有時候連想都不用想就知道是誤會一場。畢竟，那時的蘭姊早就生完孩子了，他卻說他看到的是一個還沒把孩子生下來的蘭姊。

不過那些看起來像是蘭姊的女人們，真的都不是她。因為我朋友看見的她，總是保持在一個視覺距離之外，多半僅是背影而已。

又有一陣子，我朋友說他看到我們另一個朋友。這次除了背影相似外，連細膩的小動作和側臉都相像。甚至有一次，我和他去逛超市時，終於身歷其境他遇到的狀況。「你看，是不是她？」我朋友忽然拉住我，緊張又謹慎的口吻，要我把眼光投向遠方。坦白說，霎時間我困惑了，似乎真的有點像呀，但所幸那女人的臉很快就轉向我們，證實，還是看錯了。

就在我揶揄朋友老有幻覺不久以後，奇怪的是這項「能力」竟然交棒到了我的身上。我開始發生在城市的角落裡，遇到「看起來很像」是某某人的狀況。比如搭捷運時，視線穿越過一個空蕩蕩的車廂距離，隱約見到看起來很像是他的人；或者在百貨公司的電扶梯上，遠遠地瞥見一個在轉角處迅速閃過的側影，彷彿是他，但仔細想想應該又不是。

我朋友聽了我的遭遇，長久以來的悶氣，終於獲得平反。「對吧！就跟你說會有這種狀況。」他興奮地說。

於是，我們仔細分析和對照了彼此的狀況後，得出了一些結論。首先，那些在城市裡、人海中，遇到看起來很像某某人的對象，往往是有次序性的。他們並不會交錯出現。這陣子我們常覺得在路上看到這個人，那麼這一段期間就是屬於他的。直到他退場了，才會有新的人進場。而一個更關鍵的相通點，是那些人幾乎都曾經是在過去與我們經常聯繫的，而如今卻很少見面。

這種看起來很像，但其實並不真的是的錯覺，是城市裡的海市蜃樓。

或許我朋友是因為老是說要跟蘭姊約吃飯卻約不成，念茲在茲，所以奇妙地開始在街上看見她的分身。至於我常在南來北往的路人裡，疑似看見的某人，卻是那陣子我不太想遇到的人。

無論如何，之所以在迷宮般的城市裡發生海市蜃樓，都毫不客氣地戳破了

在我們的潛意識中，其實一直沒有忘記他們。

不管是放在心底呵護的，還是想要努力遺忘的。

星期天的午後，我在家裡整理衣櫥。就快要離開台灣到他鄉久居了啊，出發的時間逐漸逼近，不得不收起惰性，把一些準備帶走的衣物挑選出來，順便也清理掉這些年來未曾穿過、未來也不可能再穿的衣服。

當一件又一件的衣服攤展在我眼前時，陌生和詫異的情緒，在時光的軌道上緩緩會車。當初怎麼會買這種衣服呢？這真的是我買的嗎？自問交疊的同時，好像看見了幾個背影或側臉長得像是我的人，穿起了它們，從我面前呼嘯而過。當時穿著這些衣服所發生的故事與牽連的人，在腦海中被一一還原。

我遂漸漸明白，在這個熟悉了三十年的台北城裡，每一個轉角，也許都是一場海市蜃樓。

↗ 東京每到了聖誕和新年的季節，街上就滿是燈海。有時夢幻到令人覺得不太踏實。
↑ 六本木之丘的水族館展覽出現一幅水的立畫。投射的樹影搖曳著，若魚能感受，那便也是一場海市蜃樓。

單身空間熱水瓶

前陣子對一個網站很感興趣，是日本設計師深澤直人的線上商店。東京青山實體店面裡販售的產品，在這個網站上都陳列了出來，每一樣都那麼美。

看著那些原本毫不起眼的家電，原本只是附屬於日常瑣碎片刻裡的東西，這一刻我忽然發覺，它們很有資格與人類平起平坐，與我們共存於同一個空間。那些充滿設計感的家用品，彷彿透過深澤直人的哲思，找回了自我存在的價值。它們其實是有自我的，它們活出了物件的尊嚴。

我很仔細地把網站看過好幾遍，最後認定，我最想買的產品是電熱水瓶。

就像是深澤直人為無印良品所設計的壁掛式CD一樣，這款熱水瓶也是less is more的絕佳代表。熱水瓶分成純白與淨黑兩種顏色，有著簡單俐落的介面，線條對稱下，溢滿了圓滑感。雖然坦白說，這熱水瓶在功能上跟一般的產品大同小異，但我相信擁有它確實是會給生活加分的。心情再怎麼悶，見了它，按下它，熱水滾滾注出的剎那，所有的不愉快大概也就在杯緣間沖散了。

不曉得從什麼時候開始，我發覺我的生活竟然對熱水瓶開始產生了倚賴。熱水瓶的存在，更精準地說，是熱水瓶隨時能提供熱水的存在，總讓我感到放鬆與心安。每次到訪異鄉，走進陌生的飯店房間，拉開窗簾以後的第一件事，一定是將吧枱上的熱水瓶插上電源，煮一壺熱熱的開水。在家裡也是一樣的。因為熱水瓶總是讓自己恆溫的慷慨奉獻，於是我的電腦桌上也就永遠都會有一杯時時更新的熱水。無論是沖一杯咖啡或是茶，什麼都好。

我習慣在有熱開水的相伴中，開始之後的一切工作。

朋友當中和我差不多年紀的，許多仍維持著單身居住的狀態。每當我有機會到他們的公寓時，要是看到走廊裡沒有安裝飲水機的環境，我總忍不住注意他們的房間裡有沒有買熱水瓶。對我來說，一個男孩子在獨身居住的單位裡，可以沒有爐枱沒有微波爐也沒有冰箱，但熱水瓶是絕對必需的。否則，在黑夜的寒冬，肚子餓了起來卻又不想出門時，連一碗泡麵、一杯濃湯的願望都難以實現了。

↑ 深澤直人所開設的設計商品店面。
↖ 只要能擁有一杯熱茶的相伴，無論身在何處，一切就可以開始了。

於是乎許多年前，當時和我交往的對象才從遠方回到台北不久，又決定離開去異鄉生活時，我想了很久，決定送給他的禮物也就是一個電熱水瓶了。說什麼精神與你同在的陪伴都是很虛無的啊，能隨時喝到一杯熱水，才是踏實的。

我需要熱水瓶，以為對別人來說那也是個好東西。「可是，我不喜歡喝熱水。」不過，卻也曾經有朋友對我這麼說過。

喔，是嗎？我點頭表示理解，心底卻莫名地悵然起來。好像是明明擁有了一則能輕易攫取幸福的祕方，卻無法和對方共享的微微遺憾。雖然那所謂的幸福，也只是我一廂情願的定義罷了。

除了旅行和高中三年的住校以外，我其實從未有過長期離家在單身公寓裡生活的經驗。不過，近來竟忽然有了機會可以揣想，一個人生活的模樣。屆時小小的空間裡會需要添購什麼嗎？結果，最先想到的還是熱水瓶（當然是深澤直人的那一個）。熱水瓶真是好物啊。畢竟，只要能擁有一杯熱茶或咖啡的相伴，無論身在何處，我的一切，新的一切，就可以開始了。

彈指間，東京租屋

我從來沒有在台北以外的城市生活過。旅行是不算的。我指的「生活」不是在一個地方短暫宿泊，而是真正地居住下來，無論求學或是就業。

在台北因為和家人同居，我自然也沒有一個人搬家的經驗。沒想到終於到了搬家的這一天，一搬，竟然就搬到了東京去。

二〇〇八年三月下旬，我開始了一個人在東京的生活。

所有人聽到我在東京租了間套房，準備至少待上一年時，第一個反應除了問我去那裡做什麼以外，緊接著會問的就是我怎麼找到房子的，又如何在完全沒有日本友人的協助下完成租屋。

原本我也以為我得在正式定居前，先飛一趟東京，撥出一段專門尋覓租屋的時間來的。後來我才驚訝地發現，原來連日本房地產租賃公司都在台北設有分店。這也就是說如果你想要租日本的房子，其實在台北就能夠接洽並且完成。那一刻，坦白說，對於台灣跟日本的親密關係，我實在覺得太誇張了些。

外國人在日本租房子不是太簡單。除了日本人不太習慣將房子租給外國人以外，在租房的手續與習慣上，還有許多讓我們感到不習慣的部分。比方說，找房子一定得透過仲介公司（沒有房東會自行招租），此外就是那一筆肯定令人咋舌的租賃支出。租金、押金、仲介費這當然就不用說了，有些甚至還需要再支付保證金。最令外國人不能接受的是明明已經付了仲介費，但還必須付給房東一份「禮金」，禮金大約是房租一至兩個月的金額。

在台北開設分公司的日本房地產公司，因為是從房屋仲介業務轉型的，出租的房子是自己蓋的，免去了房東的問題。為了要吸引外國人的關係，省免了不少繁瑣的規則與需求。他們在日本各地蓋了許多的房屋，所有的屋子分成幾種房型，而每個房型的格局都是制式的，不管地點在哪裡，從外觀到內部基本上都大同小異。不同的只是屋齡，以及距離車站的遠近。

當然可以親自飛一趟去看看有興趣的房屋物件，不過，其實所有房子的條件和照片都建立在網路資料庫當中。因為都是制式的格局，看來看去都差不多，最後需要比較的只有住處附近的生活機能是否健全而已。

我租下一間在東京套房的過程，完全就是透過網路完成的。先從符合預算的條件開始篩選物件，接著挑選希望靠近哪一個車站，再縮小範圍從屋齡、設備和樓層來決定。當我把有興趣的物件交給房地產公司以後，他們會再提

供給我更詳細的資料。詳細到什麼程度呢？連這棟樓的哪一個房間，曾經在幾年發生過住戶自殺事件都會列出來。雖然說不是發生在我看上的那個房間裡，但我當然還是立刻把該物件給丟到一旁去了，完全不考慮。

在篩選租屋物件的過程中，幾個作家朋友們也加入了意見提供的行列。但畢竟是作家，特別是寫詩或有著耽美的性格，看事情的角度自然不像我這個真正要去入住的人。例如，在琦京線上有一站叫做「浮間舟渡」的，就有至少兩個人同時判定我應該住那裡。難道直覺感應到那裡有好房子嗎？我很好奇。

「你不覺得這個地名很美嗎？當別人問你住在哪裡，你回答，我住在『浮間舟渡』，感覺真好啊！」

昏倒。難怪是賣文維生的，不是做房屋仲介商。

在彈指之間，跨海完成搬家前的租屋，怎麼想，還是不大真實。畢竟，當我的人都還沒有抵達前，卻已經有了一個屬於我的空間守候在那裡。

看著那一行陌生的地址與房號，對於明日，充滿著未知。這個地球上，又多了一個東西是與我相關的了。

↗ 奈良美智的邪惡娃娃，飛翔在我房間的吊燈上。
↑ 偶遇奈良美智繪製瓶身的米酒。米酒拿來煮菜了，瓶子當作待客的玻璃杯。

新生活

四月是日本櫻花盛開的季節，也是校園與社會新鮮人踏入新階段的開始。全國大街小巷的各行各業，不管平常的消費客層是不是這群人，這時候無論如何都必須要想到以「新生活」為題的包裝活動。在台北住了這麼久，除了每到畢業潮會比較頻繁地見到求職人力資源廣告外，沒看過像是日本這種充滿社會集體意識的新生活運動。

說起來這畢竟是一個比情人節更可觀的龐大商機。情人節禮物一個人多半只會準備一份（當然啦，腳踏幾條船的不算），但新鮮人迎接新生活，需要買的東西可不只一項而已，大到租屋、小到垃圾袋，簡直是拋錢出去。

我在三月下旬入住東京，也算是加入了這波新生活運動的行列。對很多住在首都圈以外的日本人而言，東京是從電視上和雜誌裡認識的。兩地之間的距離，恐怕比我們這些住在台灣卻常到東京的人還遠。因此那些人若是決定離鄉背井到東京念書或就業，絕對是一件大事。當務之急，就是在地狹人稠並且租金昂貴的東京找到一間好房子。每次經過房屋仲介公司的宣傳廣告，都覺得有趣。為了營造出「一人生活」的美好想像，海報裡的男女主角每個人都笑得合不攏嘴，好像是準備要住進迪士尼樂園似的。那種一副翅膀硬了終於可以脫離家族的模樣，為人父母的，看了應該很百感交集吧。

相較於租房子的做出期待單身生活的廣告，手機廣告就不同了。雖然也是以展開新生活為前提，但是多半各家廠商的宣傳基調是建立在「要獨立生活了，卻也即將告別家人和老朋友」的感性訴求。在一種期待的興奮情緒中，卻略帶離別感傷的況味。那麼，該怎麼一解鄉愁呢？當然就是打電話啦。我不知道在這波新生活運動中，獲利最大的是不是手機業者，但以各家廠商在各種管道上的驚人廣告曝光量來說，肯定是一大戰場。其中，DoCoMo手機算是做得最徹底的。分別拍攝了大學新生和社會新鮮人的系列廣告，還以性別區分，相信對很多從外地上京的人來說，必然心有戚戚焉。

我也辦了日本的手機，但不是為了解鄉愁，只是形式上必須有個別人能夠聯繫到我的管道。電視上那些打得很凶的情境廣告，祭出的優惠方案很令人心動，但我到店裡仔細一看，才知道先決條件是必須在二十二歲以下的。難道三十歲以上的人沒有權利享受新生活嗎？真是。三十歲以上還有勇氣改變

生活的，應該特別值得鼓勵才對。

其他行業像是銀行和百貨公司等等，同樣也都推出相關的新生活運動，甚至書店也會在此時推出教導新鮮人禮儀和態度的書籍。餐廳業者則占了更大的優勢，不只能迎新，同時還可以送舊。日本人又特別愛續攤，每攤吃完都喜歡來個「二次會」，新生活的慶祝活動大約至少能持續一、兩個月。

來到日本的幾天以後，我去青山的一間設計師深澤直人的店面，想買之前在網路上看到、心儀許久的熱水瓶，結果卻是缺貨中。什麼時候有貨，店員也說不準。又到了無印良品添購家用品時，發現很多你覺得物美價廉的東西，別人同樣會看上眼，結果當然也

→→ 家電一一到位，新生活就此開始。
→ 我的日本手機。我覺得它比 iPhone 更有蘋果的風格，所以我買下它。

缺貨。連配送的時間都排到一個星期之後。晚一天下單，很可能就得多延遲幾天才能輪到你。這時候我終於驚覺，我是在跟整個東京的人搶購新生活。新生活本來就不是那麼的簡單，競爭的起跑點，原來已提早到你以為還沒開賽的時候。

從住家通往車站的路上，每天都會經過許多小公園。其中一個公園應該只能稱得上是個空曠的廣場，除了周邊的幾棵樹以外，恆常保持著灰撲撲的一片，偶爾能見到幾個人在打羽球或投擲棒球。

那天早上，我忽然發現公園裡的顏色改變了，多出鮮豔的色調。我停下腳步，才赫然驚覺，是櫻花開了。

簡直是一夜之間就綻放的櫻花，讓我明白這座光禿禿的廣場彷彿是為了等待櫻花而存在的。沒有其他亮麗的顏色會搶過櫻花的風采。

一年一次的新生，隨著氣溫不同而異動的開花時節，急不得，只能等待。

它們旁觀著這座城市裡一次次的新生活運動，開始又結束，靜默地，像一尊尊收藏眾人心事的佛。

等待的抉擇

在東京租賃的房子附設了基本的家電和家具，可是一旦真正入住以後，才生活兩、三天而已，很快就發現這個也缺，那個也缺。

買了電鍋，發現漏掉飯匙；洗好了碗筷，發現沒有瀝乾的槽架。諸如此類的，這些平常在台北跟家人居住時，完全沒放在眼裡的小東西，這時候才被它們狠狠還擊。「我們可不是理所當然存在的！」當我把所缺的東西列成一張清單，然後去店裡把它們一個個領回家時，總覺得暗地裡被它們數落著。

去無印良品添購不足的家電與生活用品時，挑了規模最大的有樂町旗艦店。因為事先已經在型錄上勾選好要買的東西，本來以為抵達現場，也許只需要填寫一張購物清單，然後結完帳，一切就完成了。接下來要做的，就是在指定的日期待在家裡等待宅配就好。

沒想到，事情並不是這樣發展的。

原來，所有我要買的東西，除了現場缺貨的以外，店員都必須立刻去賣場的架上取貨。一個又一個，來回奔波著，把取下的東西放進我身旁的大箱子裡。

坦白說，我真有點傻眼。我以為這工作會是由物流中心統一彙整購物清單再出貨的呢，沒想到是這麼的土法煉鋼？因為沒料到是這樣的，去的時候也沒預留這工作流程的時間，差不多再過半小時就該是當日打烊的時間了，這下子，不小心被我找上的店員，只好拿著清單開始找商品、搬商品、把商品放進大籃子裡，回頭又繼續重複相同的過程。在櫃枱前的我，很坐立難安，覺得似乎找了人家麻煩。而且，我買的東西實在太瑣碎了，因此整個過程就變得加倍的怵目驚心。結果，店都打烊了，仍還沒完成。

貨品全部拿齊以後，為了安全起見，店員又得把所有東西從置入的大箱子中翻出來，在我面前一一唱名。相同的東西要是買超過一個以上，每個都得經過我面前輪番點閱（雖然根本是一樣的東西）才能放回箱子中。必須在雙方確認無誤的情況下，東西才拍板定案。

替我服務的原來是個女生，後來不知道怎麼，工作丟給了另外一個男生。他有個好聽的名字，薗田聰司，但人卻是面無表情的冷酷。態度很好，只是毫不帶感情。想想也是，他簡直像是個倒楣鬼似的，本來大概準備下班了吧，結果竟然忽然多出這事情來，跟我一起耗了一個多小時。我心想他應該恨死我了。要是在台灣，我大概就是那種會被形容成「奧客」的人吧。唉，真的很抱歉哪。

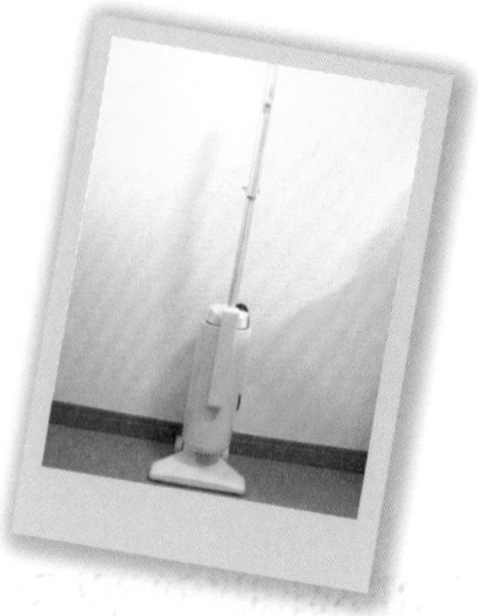

後來再去有樂町店，要是遠遠的就看見冷酷的他走來，我竟然都會有點害怕地想避免尷尬而閃開。一種很奇怪的心態。

在無印良品買的平底鍋，號稱是不沾鍋的處理，可是沒用幾次以後就不聽話了。荷包蛋因此沒一次煎成的，很是令人沮喪。明明心裡想著的是荷包蛋，最後卻只能出現炒蛋。人生的事與願違，有必要在這個平底鍋上也不斷暗示嗎？真是。

我認為我的使用方法是完全正確的，但接下來，鍋底的黑漆竟斑駁了，露出了黃澄澄的鐵鏽來。當然是不能再用了。

「拿去有樂町店抗議啊！」我朋友說。

啊，我腦海閃過了一些畫面。嗯，我想還是算了。

我只好破費，決定狠下心買一個其他品牌，價格貴一些的新鍋子。從頭到尾保證都是日本製的。我的荷包蛋從此出現在我的東京生活中了。好鍋子果然還是有差的，清洗的時候幾乎只要用熱水一沖，還沒用洗碗精呢，鍋子裡一滴油也不沾地就乾淨了。

剛來日本時，一直想買的深澤直人設計的白色熱水瓶，預約了一個多月都

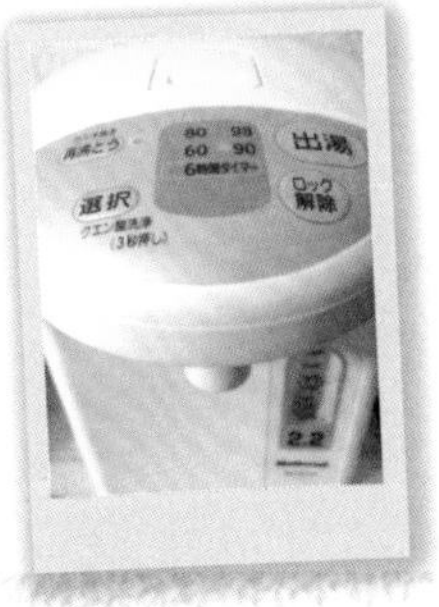

→ 無印良品的吸塵器。
← 最後買的這只熱水壺，其實也還滿有無印良品的氣味。

還沒下文。這一個月來，我每天歷經著早上分秒必爭趕著出門前，得先煮熱水才能喝得到咖啡；而晚上想悠閒地喝杯熱茶也必須先等待煮水的生活。

那天，終於覺得無法再這樣等下去了，做了一個抉擇。跑去賣場，拎回一個價錢只要三分之一，也符合我期望的外觀，同時與家具搭配協調的熱水瓶。

之前一直那麼想要的東西，也專程地為它等待了一個月，卻忽然覺得到此為止就好，對它的興趣轉瞬間一刀兩斷地消失了，回想起來甚至也開始能指出它的缺點。忽然領悟沒什麼東西是非要不可的；就像是經過很多事情以後，突然知道其實沒什麼人是好到你非執著不可的。

畢竟世界上很多的人事物，根本沒有那個你以為是最好的存在。這不是理想跟現實的妥協，也並非是消極的態度。那落差從來就是宇宙間最自然的揭示，只是願不願意去面對罷了。

我想，我差不多已經快過了去相信「等待是值得的」的年紀。

在這個比台灣時差快一個小時，實際上卻衝得更遠，甚至偶爾失速的城市裡生活著，每一個小時，每一分鐘，每一次呼吸的吐納，都不能只是等待。

花筏

離開台灣前，什麼東西都在漲價。來到日本以後，不巧又碰上本地漲價風波。一時之間，我有種被這世界剝削了兩次的委屈。

日本物價上漲的新聞跟台灣沒什麼兩樣，每天都在報導。挑一種單品，製表比較、交叉分析，當然也不能放過訪問看起來總是無辜的路人。不同的是東京單身居住的人多，因此這族群便成為家庭主婦以外媒體所關注的對象。我因為開始了一個人在東京的生活，什麼事情都得親自打理了，對物價也敏感起來。

在物價上漲之中，自然有反其道而行的。新宿有一個新推出的服飾品牌，就打著「激安服」的號召（超便宜之意），吸引顧客上門。這個目前還以女性為主的新品牌，服飾的平均價格約在日幣一千六百元左右，並且仿效西班牙品牌ZARA的做法，旗下養了一批年紀輕輕的設計師，強調每星期都會有定時定量（因此不容易撞衫）的新品推出。服飾從發想、設計到發包，被要求在一星期內完成。星期一，他們做市調或在網路上逛討論區，聽顧客的聲音；星期二，商品開發部成員會去東京的鬧區現場探勘，從人來人往中觀察穿著，然後發展出新衣服的可能；星期三，商品開發與設計師彙整前兩天的資料，召開「商品化」會議，再提出初步的設計稿；星期四，決定設計稿，同時挑選顏色、布料等細節問題；星期五，在社長的確認下，跟中國和韓國的海外製衣工廠老闆直接交涉，用最實惠的成本在最短的時間內生產完成。

這種便宜的「一週間」成衣開發，除了反映民眾對物價上漲的不安以外，也呈現出東京人緊張至極的生活步調。在這個速度比別的地方更迅速的大都會裡，所有人事物的新陳代謝也快得驚人。

就像是每個星期都會推出的東京情報誌。每一本雜誌上架的壽命只有一星期而已。我經常懷疑，東京有這麼多吃喝玩樂的東西好報導嗎？偏偏每個星期，我還是會被新上架的週刊主題給吸引。

剛到日本時，每天都期待櫻花的綻放。等到櫻花開了以後，又開始擔心花季什麼時候結束。櫻花的盛開期，是在滿開後的一個星期內，之後就開始凋謝。我常注視著樹枝上那些剛冒出來的繁如星河的櫻花，如此優雅而燦美，卻惆悵它們每一株的壽命只有一星期而已。彷彿開花就是為了花落。

在我上課的早稻田大學附近有一條小河。在櫻花滿開的某個午後，我參加了學校的一個活動，去那條河畔拍櫻花照。

櫻花不停地落著，風一吹，花瓣漫天蓋地撲來。櫻花雨原來不是想像出來的。因為在河邊的緣故，大多數的花瓣直接墜到了河裡，整條河就被染成櫻

↑ 在早稻田大學的校園裡，櫻花不停地落著，風一吹，花瓣漫天蓋地撲來。
↖ 早稻田大學附近的一條河。花瓣墜到河裡，泊在水面上靜靜地流走，像一艘艘的船。

色的。櫻花泊在水面上靜靜地流走，日本人稱作「花筏」（Hana-ikada），無論是場面或說法，都美極了。

很多花朵在盛開以後，便會停留在枝頭上慢慢枯萎，但櫻花卻不是。大部分的櫻花是在自己保持得最完美、最癲狂的時候，開始大規模地墜下。這也是我覺得櫻花最無可替代的一種美，竟然是在它生命結束的時刻。

我原來不相信櫻花真能那麼準時，花季只有一星期。但果真是如此的。這幾天走在路上，很難想像不久前還有那麼多、那麼令人震懾的櫻花場面，才一個星期而已，竟然就全都消失了，好像是我誤闖了誰的夢境似的。

住家附近的超市本來在店門口矗立著櫻花花期的看板，櫻花落了之後，就換成了轉移物價上漲焦點的特惠週報。每星期固定的某一天，買什麼樣的東西最便宜。當我拿出手機記錄下來時，才發覺自己也陷入了「一週間」的思考啊。

一個星期，對東京來說，或許還太奢侈了。那些要更新的與要淘汰的，遠比想像中來得更多。一不小心，不是你錯過了，就是你被錯過。

東京男子廚房

來到日本居住以後，最大的改變之一就是我開始下廚了。

旅行跟生活從來就是不同的。旅行的時候每天唯一的目標就是吃喝玩樂，總覺得既然都來玩了，而且又不是天天來，看到什麼想吃的，就算貴了一點也能狠下心，否則離開了常有遺憾。

然而長居的生活可就不同了。錢這種東西一旦被拉長的時間給稀釋開來以後，是比空氣還透明的。於是，做什麼事情都得有點計畫了。那些百貨超市裡一個個爭奇鬥豔的便當，換算成新台幣幾乎每個都是三百元起跳的（只不過是個便當呢），要是天天都吃，立刻就會深陷寅吃卯糧的窘境吧。另一方面也是「生活感」的問題，天天外食，怎麼樣都覺得少了一點自己掌握生活的踏實感。

因此每個星期扣掉週末（總覺得週末還是應該在外面吃點什麼東西，才像是過週末）以及偶爾跟朋友的聚餐之外，差不多至少有四、五天吧，我就在單身公寓附設的小廚房裡解決每一頓晚餐。

不過，決定在日本自行料理晚餐，其實是在來之前就暗暗決定的了。

從小就生活在台北，只有高中三年才離家住校的我，一直都和家人同居。跟家人同居省卻了許多的麻煩，當然很棒，但老實說，對於擁有一個設備齊全的單人公寓的生活，我始終懷有諸多的想像。絕對不是厭煩了過去的生活方式，而是想看一看，在完全不同生活形態中的我，究竟會變成什麼樣子。

忽然間，一個人在東京生活的這一天來臨了。

當我知道我租的公寓附有廚房時，就開始對烹飪躍躍欲試。

我還沒來東京之前，台灣的男性朋友聽說了這樣的想法，半信半疑。「偶爾煮一煮，覺得滿好玩還有點可能吧。天天煮，我看不可能。你會覺得麻煩死了。」

好心的他可以說是我單身居住生活形態的前輩。此話經他一說，似乎確實有些分量。我的確動搖了，開始懷疑我會三天捕魚兩天曬網。

另外一位女性朋友聽說以後，直接買了一本內容是「用電鍋過生活」的食譜。意即懶人烹飪法，什麼料理技術都不會時，用電鍋就能變出許多菜色。有一個章節乾脆教人如何同時在煮飯時，把菜啊肉啊一起蒸好，省時又省

力。這本食譜確實神奇，你以為不可能用電鍋料理出來的東西，原來它全可以辦到。

這本書給了我信心，讓我知道有一天如果有人再問起我「如果你只能帶一樣東西去荒島，要帶什麼？」這種毫無建設性的問題時，我可以義正詞嚴地回答，「電鍋！只要有電鍋，我就可以活下去。」

開始學著一個人料理晚餐以後，萬事的起頭就是買菜這回事。

基本上在東京的超市買菜是既舒服又新奇的。一開始覺得要什麼也有什麼，不過，就在煮了幾個星期的菜以後，我逐漸發現碰到了問題。

首先發難的是空心菜。我愛吃炒空心菜，可是地處溫帶的日本，空心菜卻種不太起來。雖然近兩年已經有菜園培育出來了，但是量少價高，而且本地人也不習慣吃，所以很少能在超市買得到。

我住家附近的超市沒有賣空心菜。在其他地方的超市找了很久，也都沒有。終於有一天在池袋車站的百貨超市裡，成堆的菜色縫隙之間，一個毫不起眼的小角落，看見窩了幾束可憐兮兮的日本空心菜。我趕緊領它們回家下鍋快炒，總算成就了它們身為空心菜的最高榮譽。

→ 鮭魚豬肉炒飯。看起來賣相還不差吧。
→→ 做過一次玉子燒，但沒有第二次。因為太麻煩了。

接著遇到的困難是煮蘿蔔湯。並非不會煮，也不是蘿蔔不對，而是當我想要熬煮出台灣口味的蘿蔔湯時，碰到了一個問題。

我買不到大骨來燉湯。

日本的超市裡，幾乎所有的魚類跟肉類都是處理過的。比如鮭魚，買的時候就是醃漬好的，有辛口或甘口能選擇；牛肉、豬肉和雞肉，也非常仔細地按照各個部位處理好，乾乾淨淨的，就像這個國家裡人們最在乎的表面。所以我可以買到各種豬肉，但，卻是看不到骨頭的。

我懷疑難道日本人做菜不需要大骨嗎？不對。豚骨拉麵的高湯，不就是用大骨熬煮出來的嗎？再仔細找一找，有了答案。要燉高湯嗎？「體貼」並且熱愛加工的日本人已經把各種你會需要用到的湯頭，要花非常多工夫熬煮的東西，全變成罐頭或湯包啦。說到底日本料理中真正用大骨熬煮的菜色很少。再說，一般的日本家庭主婦，誰想買麻煩的骨頭回家處理呢？煮完了，就算家裡有養狗，也絕對不會像台灣人一樣把骨頭丟給牠們吃。因為，狗也有不輸給人的，各式各樣的罐頭好吃。還有，日本的垃圾分類複雜又麻煩，能盡量減少垃圾就不要製造。不小心錯過這星期的廚餘回收，那大骨可是得在家裡躺一週的。

於是，我的蘿蔔湯也只能用湯包來烹調了。雖然喝起來也還算是美味的蘿蔔湯，但，不夠白濁，感覺總是假假的。

在我喝完一整鍋的蘿蔔湯以後，一直覺得除了大骨之外，還有一件懸在心頭上卻始終還不明白的事情。過了幾天，終於想到了。那就是，蘿蔔湯應該要配香菜的呀！我沒有香菜。

一個新的困難於焉誕生。原來，日本的超市是很難買到香菜的。就算有，也是貴得誇張。最後，總算被我找到了——罐頭包裝的，粉末狀的乾香菜。

那陣子，台灣的朋友常問我，家裡有沒有種些植物呢？

「可以種空心菜或香菜嗎？」我很想這麼回答。

每次做完晚餐，在開動以前，我會很職業病的像是做雜誌採訪似的，把碗盤擺得好好的，拿起相機為今天的晚餐拍一張照片，然後，寄回去給我的家人。

我的姊姊們有些訝異，差點懷疑我是準備來日本念料理專門學校的。最後，像是被我激發了似的，也開始把她幫小孩做的晚餐拍照「回敬」給我。

而我們家的烹飪王牌也就是我媽，因為我來日本以後，電腦技術再次攀升。不但電子郵件的內容愈寫愈好，也十分熟練地會使用網路視訊聊天軟體。每次當她收到我寄回去的晚餐照片時，都會撰寫螢幕鑑賞心得回寄給我。當然，她總是捧場地寫著「看起來真好吃」或「愈來愈好」之類的鼓勵。雖然我自己很清楚，有時候只是攝影技巧，拍得賣相比較好罷了。

只有幾個來拜訪過我的朋友，算是真正吃過我煮過的菜。不過，客人自然是客氣的，感想約莫也是隱惡揚善。

就這樣，我的東京男子廚房繼續展開了下去。

雖然不用說，我那些台灣料理的口味，只不過也是在靠近我從小吃到大的，我媽鍋鏟下的口味罷了。

因為無法捕抓到精髓，所以只能靠近。

在每一次從鍋盤冉冉蒸騰的霧氣中，也總算是靠近了一個生活的想像。

愛的缺陷

仔細回想上一次忠心耿耿地守著電視，在固定的時段收看影集，好像是很久以前的事情。說不定是《慾望城市》或《六呎風雲》那個年代了呢。要能夠在固定的時間裡排除萬難（包括健忘這件事）收看電視，基本上要有相當的恆心毅力才行。這幾年，因為DVD和數位檔案的普及，大家看影集的習慣也跟著改變了。什麼時候想看，一次要看多少分量，全都可以自己決定。於是，那種終於熬過一個星期，總算等到新的一集播出的期待感也悄悄地退場了。

來到日本以後，最近，我竟然又開始過起守候影集的日子。

這兩個月來的每個星期四晚上，我無論如何都會在十點以前回到家，帶著買好的甜點，坐在電視機前準時收看富士台的日劇《最後的朋友》。

嚴格說起來，這齣日劇其實並沒有什麼非常了不起的創舉。說的也就是一群住在「Share House」裡的東京年輕人，追尋自我、友情與愛情，那種日劇裡經常處理的老主題。不過，因為故事緊湊，人物性格塑造得特殊，又是由喜歡的演員所擔綱演出的，於是就這麼一路看了下來。

↑ 從原本不被看好，到最後收視率一路看漲的《最後的朋友》。

↗ 電車裡的廣告上寫著「愛冷卻了，咖啡還是熱的」。原來愛情不比一杯熱咖啡恆久嗎？

故事裡比較特別的部分是日劇《交響情人夢》的女主角上野樹里，這回剪了一頭帥氣的短髮，演起一個深情又講義氣的女同志來。

此外，在我看來更特別的還有幾個男性角色的描繪。

傑尼斯偶像男星錦戶亮一改形象，飾演一個平常看起來年輕有為，從事社福工作，但一回到家卻變成有家暴傾向，成天沒事就毆打女友為樂的男人。在這個男人的眼裡，愛跟暴力是不能分割的同一件事情。說穿了，他其實跟每個在戀愛中的人是差不多的，因為經常感到缺乏安全感，一不小心，占有欲就像是一頭猛獸般愈養愈大。只是，對他來說，光是心理層面的強占是不夠的。

於是，他愛著她，也擁有了她，卻仍必須在毆打最愛的過程中，才能確定自己的存在，證明一切在他掌握之中。

另外一個特別的男性角色則是由瑛太飾演的造型師。一個老是被別人誤解成男同志，但其實愛的是女人，而且是個患有性愛恐懼症的男孩。他誰不喜歡，就偏偏愛上了上野樹里飾演的那個女同志角色。雖然喜歡上野樹里，不過他卻老是湊合對方跟喜歡的女孩子在一起。

於是，他愛著她，卻無法擁有她，所以只能成全。在看見對方喜悅的剎那，也確認了愛的力量與深度。

這兩個各自帶著缺陷的男孩，看似是出現在戲劇裡的角色，但其實他們在面對愛情時所產生的自我擺盪與矛盾情緒，恐怕和許多戲外的男孩們是相通的。

誰敢承認自己是個沒有缺陷的人呢？誰又能說就算不大打出手，愛的態度有時也可能成為一種暴力呢？愛情總是人格的最佳檢測試紙。掌握與占有，成全與放手，那微妙的分際，往往就是流竄在我們的性格缺陷中而做出的決定。

那麼，說到底，我自己的愛的缺陷又是什麼呢？每個星期四一想到今天晚上又有《最後的朋友》可以看的時候，偶爾也會想一下下這個問題。不過，真的也就只是想一下下而已。因為更多的時間，是站在便利商店的甜點櫃前，思考這星期應該買什麼甜點飲料搭配影集才恰當。

愛的甜蜜得來不易啊，在此之前，選個美味的甜點，還是實際多了。

木犀飄晚香

圍巾收起來還不到兩個月的時間，前陣子又開始拿出來用了。

說起來東京真正炎熱的時間並不多，好像不久前還嚷嚷著夏天的計畫呢，一轉眼，太陽雖然還是那麼的刺眼，但早晚溫差漸大，氣溫已經轉涼。

服飾店裡早就在販售的秋裝，厚度隨著時間流逝而日益增厚。甚至也開始掛起冬季的大衣來了，一件比一件還要帥氣。每一次逛街，都是一場天人交戰。便宜的衣服都不是我喜歡的；喜歡的衣服我又不捨得買。所以想一想，乾脆所有的店，都像是在銀座開幕不久的H&M算了。每天都有大排長龍的隊伍，少說都要排上一、兩個小時，於是我就會放棄進去，自然也就沒有了花錢的問題。

我的朋友莎莎曾經說，每次她逛街，都會覺得某些店裡掛著的衣服，根本就是我的衣服。當她這麼說的時候，我才知道原來在他們的眼中，我是有著那般形象的一個男生。因此，當我的另外一位朋友東東跟莎莎去逛街時，常看中某些衣服，莎莎就會告訴東東說：「那是張維中的衣服。」記得有一次，我穿了一件白色的短袖襯衫，不是那種披披掛掛的洋蔥式穿法時，莎莎見到我，一整天說了好幾次「我覺得今天你不是張維中」之類的話。

↑ 我喜歡拍我朋友們背光的身影。好像我不一定會常出現在他們的面前，但一定也守候在他們的身後。

↗ 莎莎和東東對於迪士尼樂園的熱中程度，讓我知道人接近了三十歲果然還是能保有童心的。很好。我也獲得了某種程度的安慰。

確實不是每一件衣服，都適合每一種人來穿。而某些人也就一定得那樣穿才能顯露其氣質，彷彿換了一種搭配，氣味也就不對了。

莎莎在夏天時回到台灣，我們幾個比較常混在一起的朋友還留在東京，等待她秋天時回來。結果，在夏天的尾聲，她忽然因故而臨時決定不回東京了。我們每個人，包括莎莎她自己，都很意外這戲劇化的轉折。

莎莎的東西都還留在東京，她請我們幫忙她整理與收拾。我接連著恰好有幾個台灣的朋友來訪，一直沒來得及去她家幫忙打包。東東去了，跟共同的朋友一起收拾莎莎的衣物。第二天，東東告訴我，他收拾到一半的時候，竟忽然溢滿著想哭的衝動，最後只好趕緊躲進廁所裡平復情緒。

「你以為你在收拾什麼？我還活著呢！」在台灣的莎莎知道了以後向他抗議。

我雖然也覺得還沒到那麼誇張的地步，不過卻完全能感受東東的心境。因為根本沒料到會有這個選項吧，所以還有很多想要一起去的地方、一起要吃的東西和要做的事情，都只是按著暫停鍵而已，但忽然間，卻必須切斷電源了。雖然，本來就知道這一場聚合是有短暫時效的，可是，一切比原先預料的更快結束時，總是需要時間去調適的。

秋天是豐收的季節，但也是稻穗與大地離別的季節。如果稻穗與大地有知，不曉得是否也會思念彼此？

前幾天，清晨出門的時候，突然在家裡附近的某條巷道轉角，迎面撞上了一陣濃郁卻清新的香氣。那香味迤邐著整條巷子，讓原本還睡眼惺忪的我頓時間清醒過來。我停下腳步看了看，陌生卻又熟悉的味道從何而來？最後，驚喜地發現竟是木犀，也就是桂花。

那些木犀，就像是春天的櫻花一樣，明明昨天還沒有的，一夜之間全現身了。日本木犀的品種，盛開期是在深秋。讓我想起元曲詩人呂止庵寫過「芙蓉凝曉霜，木犀飄晚香」這樣的一段話。當空氣裡瀰漫起桂花的香氣時，那便是深秋了。

莎莎跟我說，「以前沒覺得我的存在，對你們原來是那麼的重要。」

本來就是很重要的呀，我告訴她，只不過沒說出口罷了。

如同在日本，認識一個季節的改變，往往從街上的植物開始。

在季節尚未到來之前，我不知道原來它們就是櫻花或木犀。然而，這座城市必然是知道的。城市知道它們一直生長在自己的身上，靜靜的佇立在某個位置，彼此相伴。只是沒有說出口而已。

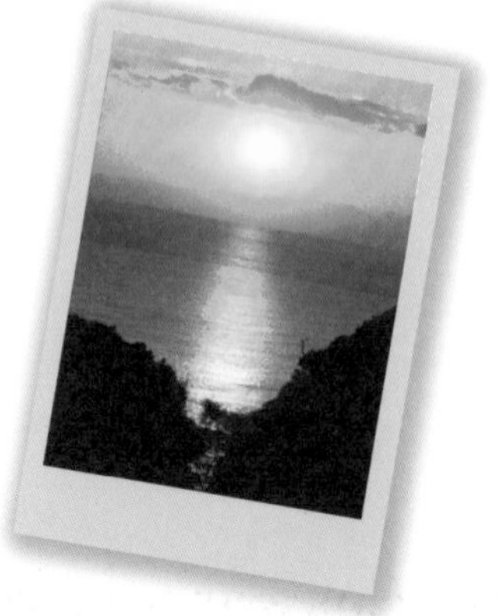

夢裡的人

我很容易做夢，跟容易入睡一樣，是我的兩大絕活。如果履歷表上的專長要誠實填寫時，我實在很想記下這兩件事。

不過，剛來東京住的時候，我的夢曾經消失了幾天，所幸很快又銜接上了。在東京做了第一場夢的翌日清晨，我有種如釋重負的感覺。好像是轉機時掉了的行李，終於被找到了，那些貼身的生活必需品總算又回到身邊。

我的夢一向都很怪。到了東京以後，更是變本加厲地怪。在這些怪夢當中，我媽的參與可說是功不可沒。記得有一次，我夢到她來東京找我，回台灣以後鄰居問起她玩得如何，她卻回答：「好難玩！」這答案輾轉傳到了我耳中，讓一心一意希望她玩得開心的我覺得非常難過，竟然就這樣哭醒了。醒來的時候，眼眶確實殘留著淚水，被我自己的入戲給嚇了一跳。

不過，更多時候我其實是從夢中笑醒的。好幾次也是關於我媽的夢。有一回我夢到她住在我東京的家，晚上我回家時一打開門，發現她在我房裡架起錯綜複雜的繩子，在整個房間裡像是裝置藝術似的晾起衣服來。我穿梭在衣服裡，好不容易找到她以後並沒有生氣，反而驚喜地稱讚：「妳太厲害了！我從來不知道這狹小的房間可以這樣利用。」她於是開始解釋她如何辦到。顯然非常得意。

↑ 三月初的某個夜裡落下的雪。雪在街燈下飛舞著，朦朧得像一場夢
↗ 謝謝在現實生活中與我相伴的人們，也不該漏掉夢裡的人，總是豐富了我的睡眠。

另外一次，我夢到我回台北的家裡，進了她房間的廁所時，詭異地發現她把許多名牌精品包全塞進馬桶裡。這難道也是一種裝置藝術嗎？我來不及思考，因為實在想上廁所，只好把那些名牌包一個個拿出來，暫時放到浴缸裡。醒來時，我納悶為什麼做出那麼怪的夢，並且努力回想夢裡的我在上完廁所以後，到底是把那些名牌包留在浴缸裡，還是放回了原處——馬桶。

有些人像是我媽一樣經常在我的夢裡演出，但有些人則是一次也沒出現。在我夢裡出現的人，老朋友也好新朋友也好，大抵都是認識的。當然，偶爾也會出現一些在現實生活裡不相識的人。

比如昨天。更精準地說，其實對方也不算是個人。因為我做了一個關於機器人的夢。我夢見我在東京買了一個新產品，是個簡直跟真人沒兩樣的嬰兒。這嬰兒摸起來皮膚好得很，不只有豐富的情緒，還有超強的學習能力，同時跟人類的互動也好靈敏。總之，就跟真的一樣。更厲害的是，這機器嬰兒會長大。

於是，我就這樣跟著「我的」嬰兒一起生活，照顧她（她是女的！）並看著她學會走路，變得愈來愈懂事。我可以感覺到她喜歡我這個「爸爸」。

然而，某一天，我發覺她像是被按下暫停鍵，似乎不再成長了。我去客服中心詢問（夢裡的我日文特別好），才知道原來這產品就是只會長到三歲而已。

如果希望長得更大，也不是不可能，但必須在事前特別訂做。

「那麼現在可以讓她設定成繼續長大嗎？」我問。對方展現出日本店員一貫專業但冷淡的態度回答我：「很抱歉。沒有辦法，重新設定就是必須銷毀。銷毀重新再製以後，也不是原來那一個小孩了。」

我聽了萬分沮喪，也覺得有點孤獨。因為我將會一直老去，直至消失在這個世界上，而我的小朋友卻還是永遠的三歲。我們的距離會愈來愈遠。她會被限制在這幼小的身軀裡，無法接觸到更多美妙的事物。我不能給她更多了。

可是，機器人孩子，這不是史蒂芬．史匹柏的科幻電影《A.I. 人工智慧》的情節嗎？很多年前看過的，不知道為什麼忽然做起了類似的夢來。

星期天冷颼颼的這個早晨，吃完早餐，喝著咖啡的我，應該趕緊展開一天的工作了，卻被前一晚的這個夢給分了心。因為我不禁好奇，那個被我留在夢境裡可愛的機器人孩子，會不會有人接續著我的夢，照顧起她來呢？

經常做夢，如果全是獨腳戲，少了那些在夢裡與我對戲的人，我的夢恐怕也會變得索然無味呢。新年新希望啊，除了要謝謝在現實生活中與我相伴的人們，也不該漏掉夢裡的人，總是豐富了我的睡眠。

來年也請繼續在夢中指教啊。

東京臥底

臥底

前幾天因為早稻田大學的學期慣例行事，我有了第一次在日本健康檢查的經驗。下了課，去的時候恰好是午餐時段，在門口確認學生證和發放表格的阿姨特別提醒，「要一個小時喔。如果下午還有課來不及的話，可以另外的時間再來。」

你可以說這是一種體貼的提醒，也可以說這是日本人為了怕你事後怪罪起來而必須先架設好的自我防範。在日本生活的這些日子以來，日本人性格裡這種「先把話講清楚的體貼」處處可見。

同時段健檢的人比想像中來得多。在等候區坐著填寫表格時，忽然瞄了一下隔壁的男生。看到他在年齡欄裡寫下十九歲的剎那，還真是一驚。因此，當我把目光轉回自己的表格上，同樣的年齡欄裡卻得寫下三開頭的數字時，還真是覺得有點尷尬。

健檢的內容和順序大抵跟台灣差不多：尿液採樣、身高、體重、視力和血壓，然後是照射胸腔X光。當我順著路標走進照X光的場地時又是一驚。一大群男生全脫光了上衣排排站，這場面大概只有在台灣當兵的體驗會場才會見到。畢竟不是要洗溫泉哪，照X光得脫光上衣嗎？在台灣的經驗，好像只需要把項鍊取下，或者脫下有扣子的襯衫就可以了吧。還真沒見過得裸體照X光的。

東京男生向來以懂得混搭穿著與配件聞名。衣服穿得好，便能掩飾先天的不足。然而這一刻，褪去所有外在的補強，每個人都現出了原形。

最後一關是和醫護人員的相談時間，護士阿姨會根據你一路上完成的檢測結果給予專業的意見。本來以為就是個形式上的解說罷了，沒想到他們認真得很，每個人都講了很久。

我被分配到一個有些年紀的媽媽級護士阿姨，一見到我表格上的身高體重，就說，以平均值來說，有點瘦啊。

「應該胖一點嗎？」我問。

「不用，這樣就很好，」她露出一種慈祥的、母愛的眼光：「雖然比例上瘦了點，但是看起來非常有元氣。氣色好，就是身體好。」

我向她道謝，不好意思告訴她，其實我的好氣色是來自於保養品。

外表跟內在的一致性，在這個年代，兩者的距離似乎愈來愈遠。

你很難真的從一個人的外表去確認他的內在狀態。

尤其在東京。每個人的造型與衣飾，都像是一層膜似的，隔絕著外界的認知與真實的自己。當大家都拷貝著當季流行雜誌的穿著方式，呈現出某種相通的風格

↑ 東京男生向來以懂得混搭穿著與配件聞名。衣服穿得好，便能掩飾先天的不足。
↖ 櫻花是城市裡低調的臥底，只有在春天才會現出原形。

時，所謂「有型」這件事，彷彿便模糊了實際年齡的差異。

過去在台北生活時，習慣了這座城市裡的人，所以我可以從一個人的外在，辨識出對方大概的質感或屬性。因為我熟悉這個地方的背景，會孕育出什麼樣的人來。在東京，這能力是派不上用場的。你以為某個群體有一定的形象，來到了東京，你忽然懷疑他們是不存在的。結果才發現，他們的差異，早就融化在了所有人相似的穿著打扮之中。

這幾天走在學校附近，發現校園周邊滿開的櫻花謝了之後，忽然又有一、兩株不同的櫻品種開了花。

這些櫻花樹在尚未開花之前，我看不出它們就是櫻花，直到隨著氣溫上升而含苞綻放，才發現這座城市裡平常就存在著這麼多的櫻花樹。花期結束以後，枝頭長出新葉來，又恢復成了低調的綠樹。

他們原來是這城市裡的臥底。

就像是那些模糊了差異性的東京人，每個與你摩肩擦踵的，都潛伏著意想不到的，令人驚喜，或令人驚懼的可能性。

時間賽跑

為了爭取舉辦二〇一六年的奧運會，這幾個月來，東京街頭四處都可以見到宣傳海報。許多公共建設如火如荼施工中，都以二〇一六年做為竣工的目標。好一片眾志成城的景象，常讓我錯覺以為東京人真的有那麼熱愛運動。

事實當然不是如此。大部分的東京人哪裡有時間運動呢？上班族好不容易下了班，就得開始應付公司裡各種類型的飲酒會。那恐怕就是他們的運動吧——舌尖上的。對日本人而言，飲酒會就是工作的一部分。一攤還不夠，興致來的時候就有所謂的「二次會」，甚至「三次會」。我的日本朋友開玩笑告訴我，如果你在公司經常拒絕飲酒會，或者根本不會喝酒，那麼你可能沒有朋友。

大學生呢？老實說，我沒聽說過東京大學生的生活裡有運動這回事的。我的老師曾開玩笑說過，東京的大學生打工比上課用功。不打工也沒上課時，經常只有兩個地方會去：唱KTV跟打柏青哥。想一想，這或許也是他們的運動。

自從亞力山大騙走了大家的錢，我在台北的運動忽然也就終止了。搬到了物價比台灣高三倍的日本以後，當然不可能有閒錢加入這裡的健身中心。不過，意外的是，每天早上我卻多了一項新的運動，那就是跟時間賽跑。

每天早上九點開始的課，我必須固定在六點五十分起床才行。起床以後的第一件事情是把麵包放進烤箱同時進浴室盥洗。當烤箱發出叮噹的一聲時，麵包烤好了，刷牙洗臉時間也結束。從浴室走回房間時，順手拿起在廚房裡泡好的咖啡。然後在富士台晨間新聞播送著以每小時為單位，準到不行的氣象預告之後，我的麵包也差不多在播送第一則重要新聞時吃完了。這時候咖啡通常還剩一半，我必須開始換穿出門的衣服。刮鬍子、戴隱形眼鏡、擦保養品和弄頭髮，一邊看著鏡子中的自己，一邊注意電視螢幕上不斷閃動著的時間。

晨間新聞的畫面上，顯示的時間字級總是特別的大。只要稍微鬆懈一下，回頭再注意時，總懷疑時間趁機偷跑了好幾分。

喝完剩下的咖啡，七點四十五分出門。從家裡到電車站還有一段步行的路。剛開始我花了十五分鐘，也就是 iPod 裡差不多三首歌的時間才走到車站。如今，第二首歌都還沒播完呢，我竟然已經刷卡進站了。

這完全是不自覺的競走訓練成果。

在通勤時間裡，所有的日本人走路都很快。身在其中，腳步自然也會加快。有趣的是，如果你「超車」了，超越前面一個路人，常常就會激起對方想要超回來的鬥志。於是，這樣超來超去的，便意外地訓練出了一項新的運動專長。

我搭乘的琦京線到池袋約十五分鐘，然後轉乘山手線，五分鐘後到新宿區的高田馬場站，總計二十分鐘。最後，花將近十五分鐘的時間，步行到早稻田大學。八點五十分時走進教室，五十五分時喘口氣喝口水，九點整，重視時間紀律的日本老師把手錶放到桌上，課程開始。

一個星期踩著另一個星期，時間就這樣流逝得難以置信。

那天週五下了課，晚上跟幾個同學吃完燒烤以後，情緒仍高昂的朋友臨時吆喝著「二次會」要去KTV唱歌。

→→ 高田馬場車站外牆的壁畫人物，見證著每到週末的夜晚，站前就瀰漫起酒味、菸味，和年輕人的喧譁。

→ 在日本的這一年，一個星期踩著另一個星期，時間流逝之快，難以置信。

唱完歌，我去了包廂外的廁所。一開門，看見一個男孩醉倒在馬桶下呼呼大睡。他的朋友大概是扶他進來吐的吧，向看到這一幕的我道歉。不過，妙的是他並沒有打算拯救朋友的意思就離開了。

走的時候，我回頭看了一下那個躺在地上的男孩。有一刻，我確實認真地想過是不是該請員工來看一下比較好？但，最終，我還是放棄了這個會被日本人視為太多管閒事的念頭。

也好吧，這一刻醉倒的他，暫時不必跟時間賽跑了。

走出KTV，將近零點的車站廣場，擠滿了鬧哄哄的年輕人。空氣裡瀰漫著微醺的酒味、菸味，和初夏夜裡從身上蒸騰而出的汗味。

偶爾他們的笑鬧聲才剛從嘴裡散出，就立刻被頭頂山手線鐵軌的聲音給蓋了過去，於是，放眼望去，在車站的時鐘前，只剩下一張張被消音的青春的臉。

讀空氣

第一次見到弦太的時候，完全看不出他是個日本人。

我們約在早稻田大學裡的大偎庭園入口處見面。他穿著卡其褲，搭了一件有領長袖的寬鬆POLO衫，還背著一個日本男學生其實不太會用的運動型背包。他的髮型坦白說看起來有點呆，是有點過時又超齡的西裝頭。後來跟他聊起日本髮型店的日文用語時，我才知道原來他剪髮不只挑便宜的，也從來不管剪成什麼樣。他進髮廊時只會說一句話：「剪短！」

難怪他的頭髮會是這個模樣。

弦太不像是日本人，也不像校園裡其他任何一個早大生。他比較像是會出現在台北天母街頭、念美國學校的ABC。而且，是那種不太懂得打扮的ABC。

弦太是在一個日文部落格上主動找到我的。他想學中文，我要練習日文，所以他就發了訊息來給我。很快的，我們就約了在學校裡見面。

見面時他喚我「理一桑」（我的日文名字），而我自然也是稱呼他「弦太桑」。但是他說，我比他年長一些，不用在他的名字後加上「桑」。而且他在加拿大住了十年，其實已經在那裡念完大學了，現在回到東京又再念一次日本的大學。

他說：「我受的是西方教育，大家都直接叫名字就好，我們不用太在意日本人的那套禮節。」

於是我開始只叫他弦太，但，他還是堅持喚我理一桑。

我還算是有點日文基礎的，所以語言交換時可以練習說話跟聽力。但弦太是完全沒有接觸過中文的，所以我也不可能用中文跟他聊天。我只能教他一些簡單的單詞，還有他從圖書館借來的，有興趣想念念看的中文童書。

他要我教會他的第一句中文是，「我的宿舍裡全是男生。我們是好朋友。可是，我們都沒有女朋友。」

然後，他說，像我中英文都會，現在又懂日文，這種人一定很吸引女孩子吧？我搖搖頭說沒這回事，女孩並不在乎你會幾種語言。

弦太每個星期會到他家附近的社區活動中心擔任日文志工。那是市公所提供給外國人與日本人交流的某種聚會。

話保守地說一半，沒說出口卻是真正想表達的，飄散在你和對方的空氣之間。

「理一桑也可以來。但是有點遠。如果你覺得散會後太晚，你可以來住我的宿舍。」他不只說過一次，覺得我可以去看看那聚會，還有，住他家。

「好，一定會去看看！到時候還得麻煩你！」

我的回答很日本。所謂的「一定」只是個日本人的習慣用語罷了。而我也不可能真的去住他家。我們根本不熟。

那天，語言交換結束後，我們在便利商店的影印機前印資料。

他隨手翻了翻架上的雜誌，然後拿到我面前。

「你看！日本大學生都在看這種東西。大家不念書的，連早大生也一樣。」

那是一本情色雜誌。一群穿著比基尼的年輕女孩，在許多日本出名的大學校園裡，站在標的物之前拍出各種猥褻的動作與表情。照片裡學校的建築雖然被打上了馬賽克，卻還是能看出是哪裡。

他彷彿等待我有什麼評論或反應。可是我只笑了笑，沒多說什麼，回頭繼續影印。眼角的餘光看見他繼續快速翻閱著雜誌，不久，就把它放回架上。

我忽然想起他學會的那第一句中文。

我和弦太的語言交換大概只維持了一個半月。

剛開始時，他說，他這學期沒什麼課，而且都很簡單。可是一個半月以後的某一天，他一見到我就說：「我的課很重、很難。有點累。」

「一些新的課程，很難。」

他的話只說到這裡就停止了。

這時的我，也只能說「那只好多加油了！」這類鼓勵的話。

怪的是整個下午，他重複講了好幾次同樣的話。我覺得納悶，但也只能更換其他鼓勵他的話而已。我幫不了他的專修課程啊。

終於，在他最後一次說出「課程很難，所以……」以後，忽然像是麥克風被消音似的停住了。他顯然是有什麼話要說，但是欲言又止的。

「所以？」我狐疑地問。

他沒開口。我一度以為他說了話，只是我沒聽見。

空氣中開始飄散著一種尷尬的氣氛。我不知道他怎麼了。

最後，他總算開口。

「所以，語言交換就到今天為止。」

他的口氣竟變得有點硬。

原來如此。原來他鋪陳了一個下午的目的，只是為了這個結果。

他可能以為當他暗示他的課程很艱難時，我就應該會主動說「那麼語言交換是不是暫停比較好？」這樣的話吧。於是他便能順水推舟，順利完成他心裡真正想說，卻說不出口的話來。

他不想當那個最後做出決定權的、失禮的壞人。但，我讓他成為那種人了。所以當他終於不得不從自己嘴裡說出那拒絕的決定時，口氣變得有點差。我不知道他是不高興我不懂得暗示，或是他氣自己把氣氛給搞壞了。

總之，我的反應出奇地冷靜，只是淡淡地回答他：「喔，好，沒問題。」

他聽了，大約以為我不太明白吧，換成英文再說一次：「語言交換不再有了。下星期開始就不見面了。」

不知道怎麼，我突然覺得這狀況有點可笑。

「是弦太想學中文所以找到我的。所以弦太現在想停止，我也沒問題。」

我的回話讓他的態度又軟了下來，換來一句他對我的「非常抱歉」。

其實有什麼好抱歉的呢？為語言交換的中止找出一個理由來（誰會知道那理由是真是假），又有什麼尷尬的呢？

從那之後的我，開始思考日文裡的一個專有名詞，「讀空氣」。日文畢竟是個非常微妙的語言。有時，詞藻的包裝特別繁複，看似是藉以傳達意念的，其實是抹平了每個人內心情緒的差異。敬語一用，就代表有禮數了。而有時，許多日文的表達方式卻又是不用詞藻的。他們習慣不把話給說完全，你得依照當下說話者的口氣和表情來延伸出去。

偶爾想到弦太時，我懷疑他真是早大的學生嗎？像一片飄走的雲，再也無蹤跡。

語言顯現一個民族的性格。話保守地說一半，剩下的，對方去臆測。那些沒說出口卻是真正想表達的，飄散在你和對方的空氣之間。懂得讀空氣，自然就有能力從空氣裡攫取對方心裡的意思；不懂得讀空氣，就變成了「白目」的人。

弦太讓我變成了一個白目的人，而我讓他成為了一個失禮的人。

那天之後，我沒有再看見過弦太。一次也沒有。

手機裡還留著他的通訊錄，和幾封他傳過來的信件。我把信件給刪除以後，曾考慮要不要也刪了通訊錄，反正不會再聯絡。但最後還是暫時保留了下來。那成為了這茫茫無盡的大宇宙中，在一片小小記憶卡裡的某種荒誕的遺跡。

直到學期末，我從未在校園裡遇見過弦太。有一天，我發現他把自己在部落格的名字給刪除了。我突然在想，弦太真的是他的名字嗎？偶爾想到這個人時，我甚至開始懷疑，他真是早大的學生嗎？

猛暑

東京的夏天熱得晚。當台北的氣溫早就飆到三十五度以上，熱得不像話的時候，東京那陣子竟然才十九度而已。

MSN上台灣的朋友們輪番吶喊著快要被融化時，聽到我這裡的狀況，每個人都發出了不平之鳴。不過，更令他們無法接受的是，我竟然告訴他們，我去買了一條圍巾。早晚仍涼的東京，很適合穿著短袖T恤打圍巾啊，我解釋。

「如果你現在在台北打圍巾，可能會被送進瘋人院。」他們說。

七月初還買圍巾來打，在台灣熱慣的我，想一想也覺得誇張。

因為夏天熱得晚，那時的我常常有種時間被什麼描圖紙給遮蓋住了的感覺。你知道它存在在那裡，但感官是模模糊糊的。偶爾認真意識到時間走過的痕跡時，常有一種在寂靜之中，忽然被誰從身後拍了一下肩膀的驚嚇感襲來。

直到這個星期，那張描圖紙倏地被抽走了。

東京總算是有了夏天的模樣。

所謂夏天的模樣，就是每天持續而穩定地維持著高溫，不再有之前那種隔一天，氣溫會真心大回饋般地跌個十度的甜美時光。

日本人稱超過攝氏二十五度叫做真夏。氣溫再往上揚，過了三十就是猛暑。光看字眼也就知道猛暑是蠻橫而不帶感情的。

連續幾天都是猛暑日。我新買的圍巾自然已經無法再使用了。雖然有時仍會帶在背包裡，但只是怕進了空調太強的冷氣房而有備無患的。

然而，奇怪的是，街上仍有一些東京人能夠在熾熱的豔陽下打著圍巾。保持著洋蔥式穿法（一件又一件的多層次混搭）的人也不少，甚至還有人可以在猛暑日的高溫下照樣穿著外套。

我和幾個來自台灣的朋友，在判定了日本人天生就是吃不胖的瘦小體質以後，最近又因此判定了他們也相當耐熱。

「再不然就是為了造型吧。」我朋友說。

「說不定他們是機器人啊。日本人那麼愛發明機器人的，你怎麼知道他們是不是已經釋放了一些在街上呢？」

我用眼神暗指月台上一個穿著厚重西裝的男人。他的頭頂不知道為什麼貼了一塊大紗布，在正中央。我打趣說，「看，那是充電的地方，忘了拔下來。」

幾個月以來，陸續有朋友飛來東京拜訪。我在忽然恢復成學生以後，又多了一個導遊的身分。許多前兩年帶著興奮情緒初次前往的地方，當時想也沒想到之後會去得那麼頻繁。一輩子也沒料到。簡直比我台北住家附近的菜市場還熟。

每次帶著朋友去那些我覺得值得推薦的地方時，心底總有些責任感。很希望他們去的時候，見到的那個地方，可以是它們狀況最好的模樣。比如銀座。連續兩個朋友來訪，都是下著大雨的，讓我對朋友有點過意不去，也對不

→ 飯田橋下的烏龜熱得動也不想動，一直維持這姿勢，好久。
↖ 夏天一到，萬物慵懶。上野公園的貓，睡得很沉，一副萬事太平。

起銀座。

從東京回去的朋友，最常會問起我，最近東京的天氣，是不是還是像他們來時那樣呢？一個不是很難的問題。可是，我往往在回答完以後，又覺得那樣的答案在被我說出口的剎那，就移動了位置。

清晨的日光。月台上的風。被夕陽渲染的雲。夜裡從木材工廠裡飄散出來的氣味。我想，再怎麼清楚轉述，也不及當下真正的感受。

又是炎熱的一日。在外頭曬了半天的我，下午回到家，洗完澡，開著冷氣，忍不住疲憊地睡了過去。不知道睡了多久，隱約聽見屋外打起雷來。

那是猛暑的雷呢。起身推開窗戶，以為下雨了，只看見天邊襯著暗紅的光。

雨終究沒有來。我的東京夏天就在開著的窗戶裡溜走了一半，而還剩下的另外一半，正慵懶地滑了進來。

最終處分

在東京原宿表參道與明治通的交叉路口，服飾店GAP門前人行道上的那一小塊區域，是日本服裝雜誌編輯最喜歡抓人「街拍」的熱門地點。凡是雜誌裡提到東京人正流行的穿著打扮時，十之八九都會在此抽樣拍照。

有一天，我在這裡等紅綠燈時，身旁恰好站了幾個從台灣來旅遊的年輕男生。如果沒聽見他們說話，恐怕會誤以為是在地日本男孩。他們聊到此地是雜誌街拍熱門地點時，其中一個人說：「要是有一天，我在這裡被攔下來要求拍照，那我就成功了。」他的朋友問他：「成功了什麼？」

「就紅啦！代表連日本人都覺得帥，算是個時尚達人了吧！」

我帶著這句話走過斑馬線，愈想愈覺得挺有意思。短短的一句話，可以拆解成好幾層的結構來思考。

日本雜誌多得恐怖，被抓來街拍，大約都只會出現在某一頁當中的一小格罷了。想靠不到十五平方公分的小格子走紅，恐怕還得多多修行。當然如果你有幸登上封面就另當別論。而且，別以為你真的就會上日文雜誌。因為非常有可能，抓你街拍並且講日文的攝影師是來自台灣的服裝雜誌。

至於那些出現在雜誌上被攔下來街拍的路人，我承認，確實都穿得很時尚，但要說是因此就是達人了，似乎又言過其實。只要仔細研究一下那些日本雜誌裡的街拍單元以後就會發現，那些路人的打扮並非是大部分東京人會有的穿著。我經常翻看這些有著「獨特穿著品味」的人時，老實說，心底也會冒出問號來。這樣真的叫做有型嗎？好像只是組合了一般人不敢搭配的元素吧？然而，這其實就是答案了。正是因為跟別人有所區隔，所以才會被挑中上雜誌啊。長得好不好看，是其次。甚至穿得帥不帥，也不重要。重要的是，你敢不敢標新立異，你的整體造型是不是夠出眾。

所以，要是你以為被抓來街拍就代表帥，那就想太多了。你只是出眾而已。出眾不一定是帥。有一次我搭地鐵，看見一個穿著背心的怪老伯滿身大汗，身上竟然掛了好幾片西瓜，引起路人注目。他也很「出眾」呀。

至於「連日本人都覺得帥」這句話的前提，就好像說連張惠妹都認為你歌唱得好一樣，其實是預設了日本人的品味比較高，都比我們帥似的。

坦白說，以前來日本旅行時，走在街上，我也常覺得日本的帥哥比較多，有一種他們總是很懂得穿衣服的誤解。不過在日本住久了並深入民間以後，很快就發現，確實會穿衣服的人很多，但品味差的日本男生也大有人在呢。

↑ 銀座 H&M 開幕前的一晚，店門口就湊滿拍照留念的人。
↖ 只要懂得搭配，即使是從 UT 裡買來的特價品，也能穿出不被淘汰的風格。

原來，旅人的眼睛，會開啟自動篩選的功能。旅行時，時間寶貴，而且情緒高張，會注意到的必然都是最有興趣的美好事物，包括路人。其實比台灣人穿得更沒氣質的日本人一直都存在的，只是他們根本進不到你的眼裡。

於是我逐漸發現，雖然大部分的東京男生確實比較懂得打扮，不過多半也像是從同一個模子裡刻出來的。這陣子流行黑框眼鏡，一窩風就換戴了黑框眼鏡；流行不穿短褲，但喜歡把長褲褲頭捲到露出小腿，街上有三分之一的人就變成了下田的農夫。

東京從七月初，夏裝就開始打折。不到八月中旬，新宿幾個較為知名的服裝品牌已經開始換季。

打了兩個月，還是一堆夏裝賣不完，花車上遂掛上了「最終處分」四個字。最終處分的日文意思只是最後拍賣，但從中文字眼看來卻多了審判的意味，好像沒人買的商品就犯了滔天大罪似的。

彷彿也同時暗喻了在這座城市裡，那些過季的與跟不上腳步的一切，都得小心有一天會觸犯生存的法則，接受處分的命運。

泡麵的小確幸

最近看到日本針對吃泡麵做了一項市場調查，令我意外的是日本人最常吃泡麵的時段並不是消夜，而是午餐。百分之四十七點四的人都把泡麵當午餐，其次才是當作消夜、三餐之間的點心。只有百分之十二點五的人會拿來當晚餐。

在泡麵的選擇上，口味是最關鍵的因素，其次才是價格和熱量。有趣的是若以性別層面來看，在意口味的女性遠大於男性。而在價格方面，在乎便宜與否的男性，卻又大於女性。這顯示日本男人既然已經決定這一餐只吃泡麵了，就打定主意只是充飢罷了，泡麵的口味跟價格，隨隨便便就好。

這或許能解釋日本上班族男人一年三百六十五天，非常仰賴吉野家、松屋和便利商店微波食品的理由。反正基本上吃飯時只要有啤酒就好，每天吃得差不多大概也無所謂。相較之下，日本上班族女性就沒那麼呆板了。那種提供主菜和配菜選擇的 deli 食堂，經常都是被女性給包場的，很少看見男人在裡面。

男人原來是種大方向的動物；女人則是喜歡小變化。男人和女人在吃東西這件事情上就已經有了差異，也難怪碰在一起會產生許多價值觀的認知落差。

泡麵吃完了，剩下的湯會喝個精光嗎？雖然明明知道泡麵百害而無一益，泡麵的湯也不是什麼營養的東西，但是每次吃泡麵時，還是忍不住會把香噴噴的湯汁給喝光。市調也問了這個問題。有的人會把白飯倒進去，攪一攪，變成日本人所謂的「雜炊風」料理，也就是茶泡飯的泡麵版；有的人會續杯，再放一包乾麵進去吃；但最不可思議的是竟然有人回答，會把剩下的湯拿來泡花草茶！花草茶跟泡麵湯怎麼能混在一起下肚呢？別告訴我這也算是日本人的創意。我看是生活壓力太大了，快瘋了。

說到日本的泡麵，總讓我想起之前看過的那部由柴崎幸主演，水田伸生導演的《舞妓哈哈哈》。曾改編村上龍小說《69》、石田衣良小說《池袋西口公園》的鬼才編劇宮藤官九郎，在片中安排的男主角是個在泡麵公司上班的主管，推出了大獲好評的泡麵新吃法。本來應該是附在泡麵裡的乾燥食材，他全都拆開來分別小包販售，你想多加一些什麼或不要什麼，隨喜好自由調配。

我沒見過真有這種泡麵的存在。我想，沒有成真的原因實在是太麻煩了。泡麵本來就為了方便的，結果搞得這麼複雜，如果根據日本的那份泡麵市調來推判，泡麵市場恐怕得面臨從此失去男性客源的危機。

雖然泡麵對身體沒好處，但相較之下，日本泡麵還是比台灣的「健康」一點。比如熱量和含鈉量的控制，就比台灣的好得多。

不過，難道健康與美味真的難以兼顧嗎？我覺得日本泡麵的湯頭其實挺單調的。千篇一律幾乎都是拉麵而已，不過是豚骨、醬油、鹽味換來換去罷了。拉麵以外就是蕎麥麵，但湯頭也是醬油口味，頂多是加了柴魚或鰹魚。不然就是炒麵吧，喔，那也是醬油的。

日清的元祖小雞麵。不附調味包，泡的時候壓入麵身的雞汁會散逸出來，口感單純卻綿長。

我在東京的家裡唯一會存放的泡麵是日清的元祖小雞麵。這種泡麵是雞汁口味的，不附調味包，只有一枚麵體，泡的時候壓入麵身的雞汁會散逸出來，適合打一顆蛋進去，悶到半熟時開動，口感單純卻綿長。

宮崎駿最新的動畫《崖上的波妞》裡，有一段是變成人身的金魚女孩第一次吃泡麵的場景。當她掀開碗蓋的刹那驚訝萬分，覺得泡麵真是神奇的東西。不知道宮崎駿是不是也愛吃泡麵？而我印象最深的一次吃泡麵經驗，是許多年前第一次搭長途飛機去美國時在機艙上的消夜。那時很驚訝，飛機上的消夜原來是泡麵來的。在萬呎的高空上吃泡麵，窗外有皎潔的月亮相伴著，也是一番情趣。

偶爾能夠因為吃一碗泡麵就感覺到幸福的人，應該是容易知足的。因為容易滿足，才能夠看見生活裡存在的許多「小確幸」吧。那些小小的、確實的幸福，就像藏在石階邊的小草，唯有放低了身段蹲下來，才能發現驚喜。

小室哲哉的啟示

小室哲哉被逮捕了。

在他被捕的那一天，全日本的報紙頭版都用最大的篇幅和聳動的標題處理了這則新聞。從早到晚，大街小巷都出現他的名字。自從我來到日本以後，大概只有前陣子換首相時才有看見此等規模。

電視台晨間新聞的記者從凌晨四點多就出機採訪。拿著剛印出來的早報，到天都還沒亮的街頭去訪問那些剛下班，或正準備出門上班的路人。每個人看著記者亮出的報紙頭版，都驚訝地大叫出來。你知道，就是電視上常看見日本人的那種標準驚嘆：「咦！胡說！不可能！」

然而，小室哲哉確實是被逮捕了。

他被控告詐欺，因為向人出售其所創作的歌曲，收取了五億日圓，但其實卻根本沒有這些歌曲的版權。

這個號稱是日本音樂教父的四十九歲男人，曾經是那麼的不可一世，在九〇年代不只改寫了日本音樂史，也影響了嗜愛日本的台灣和香港。由他經手製作的藝人如安室奈美惠等人，唱片總銷量高達一億七千萬張。一九八五年到二〇〇四年，他是日本藝人納稅排行榜榜首。

由於投資香港事業失利而大虧七十億日幣，之後又因為要支付前妻高額的贍養費而債務連連。曾經四處都置有豪宅的他，在被捕的那一天，被發現只委身在一間狹窄的單身公寓。全盛時期在他名下的製作公司存款高達一百億日幣，而這個戶頭現在只剩下六千二百五十九元日幣。也就是說，我們，竟然都比他有錢了。

我其實從來都不是小室哲哉的歌迷。他從前寫過的那些電子音樂，我一張CD也沒買過。甚至我開始喜歡上安室奈美惠的歌，還是在她離開小室哲哉改走嘻哈路線以後的事呢。雖然如此，在小室哲哉被捕的那幾天，這則新聞還是吸引了我不少關注的目光。

我不禁在想，這世界上所有事情的開端，原本都是非常純粹的吧。像是這個地球上六十七億人口所交織出來的愛與恨，在最初的最初，或許是來自於一場宇宙星子的爆炸，或是彗星尾巴拂過而墜落在荒瘠的星球上的塵埃，滋生出了意外的一抹細菌，然後竟演化出生命的起源。

人性中因為欲望而一敗塗地的窘狀，最初也都是很單純的。

只是喜歡音樂、熱愛唱歌，或想要與人分享自己的創作才華；有著打抱不平的性格，想從政為民服務，選立委、選市長、選總統。在擁有了一些以後，便想擁有更多；認為自己辦到了這些，也就可以做到那些。

報導說，小室哲哉在被捕的前一晚，仍堅持去住了一晚要價日幣九萬的高級酒店。他說，他想享受一次「最後的奢華」。

一步步跌落到谷底的這些人，是如何去面對、接受，或者說逃避的呢？曾經懷著夢想，努力地爬到高峰上，然後又眼睜睜看著自己失去了各種可能性。

去日本KTV唱歌的二十世代年輕人，幾乎沒有人點過小室哲哉的歌來唱。就連他的母校，學校裡有以他為名的音樂館，那些十來歲的孩子們都說，「不太清楚他是誰。」倒是這些過去四處爭著沾光

→ 小室哲哉是安室奈美惠的恩師。但，卻也因為脫離了他，安室才能創造事業第二春。
→ 埼玉體育場的約翰．藍儂博物館。令我思考如果小室哲哉沒有落到這番田地，有一天在日本音樂史上的定位，應該也能和他相提並論吧。可惜一切已經不可能。

的機構，現在正為了要不要更名而傷透腦筋。只有見證過小室旋風的三十世代，人人不勝唏噓。當年從校園步向社會的他們來說，小室哲哉的成功雖然是遙不可及的，但仍代表了一種努力就能美夢成真的指標。這群三十世代好不容易成為社會結構裡的中堅分子時，卻遇上了金融風暴。在夢想夭折與前途未卜之際，又看見小室哲哉的垮台，那恐怕比華爾街 Lehman Brothers 的破產還令他們感傷。

小室哲哉的新聞發生以後，又過了快一個月。這件事情就像是任何一件新聞一樣，隨著時間的流逝，漸漸又被其他的事件給覆蓋了過去。

一晃眼就十二月了。在年末與年始交接之際，天空裡又將隨著花火的綻放飄散出許多的夢想。每一朵燦爛的花火，在最初展開之際，你不知道它們會變成什麼模樣，永遠都充滿著最大的可能性。每一個最初的夢想也是。

最純粹的，才有最大的可能性。永遠也別忘記。

新宿東口的生命力

過去幾次旅行時來到東京的第一夜，我常常習慣性地會先到新宿東口。當然我所謂的東口，指的並不是附近老有皮條客拉男生叫小姐的歌舞伎町，而是車站東口的新宿三丁目。

我不知道有多少人跟我一樣，來到東京的第一天會選擇先來這裡。畢竟如果要追求最新潮流資訊的旅人，新宿東口恐怕不會是首選之地。況且若要血拚，這裡的大型百貨公司很早就關了，肯定也不會盡興。然而，在我看來，抵達東京的第一天，通常只剩下傍晚到晚上的時間可以利用了，在短短的幾個小時裡，新宿東口卻已經很能夠滿足我的胃口。

一說到「胃口」這兩個字，很不爭氣的又透露出貪嘴的本性來了。

我坦承，每到東京都想要先來新宿東口的原因之一，正是想念這裡的新宿中村屋。日本人最愛把別人的東西變成自己的，更氣人的是往往還創新改良得比原有的更好，搞半天，常常誤以為那些東西的起源來自於日本呢。咖哩，就是其中的最佳代表。中村屋從一九二七年起開賣咖哩，標榜的是純印度咖哩，但許多年下來，誰還記得中村屋賣的咖哩是印度風的呢？這裡早就變成東京咖哩的代名詞。雖然我一直提醒自己，東京好吃的東西那麼多，不要每次來總吃一樣的，可是真正到了東京以後，卻還是想再回味一次中村屋。一般人知道的中村屋，多半是大道上一樓有賣麵包的那間本店。那間店的樓上是有餐廳沒錯，不過價格稍高。只要再往前走一點，轉角巷子裡有間分館，價錢就平民化許多。

早年到日本的餐廳吃飯時，很少看見有超值套餐這回事（貴的套餐當然一直都有），這幾年，大約是餐廳景氣不怎麼好，於是有愈來愈多的店家開始推出超值套餐。以前在中村屋日幣一千五百圓左右只能吃到單點的主餐，現在居然還包含湯、沙拉和飲料，只能說，真是時代不同了。

總是習慣先到新宿東口還有另外一個原因，就是紀伊國屋書店。我喜歡東口這棟外表和內在都看起來醜醜的，藏書量卻相當驚人，而且服務非常專業的書店。約莫犯了什麼職業病的關係，每次把自己丟在這棟紀伊國屋裡，看著種類如此繁多的雜誌書刊時，總覺得呼吸都飽滿了精神。拜訪東京的次數頻繁起來以後，漸漸的，我已經不會在出發前進行什麼旅行的準備工作了。多半是飛到東京的這一天，才到書店裡挑一本喜歡的情報誌。這一次會遇見什麼樣的東京呢？就從這些雜誌中決定吧！

很少旅人知道，在這棟紀伊國屋的地下室有一條餐廳街。雖然環境看起來昏昏暗暗的，不過有一間我喜歡吃的和幸炸豬排飯連鎖店，在這裡有開分

店。啊，不是才在說書刊出版嗎？竟然又落到了吃這件事情上。真是。

好吧，既然吃是如此的勢不可擋，那麼當然必須提一下，我認為新宿東口三丁目最有活力的地方，是伊勢丹百貨的超市美食街。二〇〇七年雜誌票選東京人最愛的新宿百貨公司，就是這間開業超過百年的伊勢丹，尤其是改裝過後的甜點、美食和超市地下街更是大家的最愛。這裡搜羅著各種精緻名牌的和洋果子，以及來自全國各地的水果與名物，還有永遠都那麼令人垂涎欲滴的熟食料理，走一趟伊勢丹的地下街，整個人的精神頓時便澎湃了起來。

在伊勢丹的地下街，就連歐巴桑們都充滿不可思議的元氣。

那天傍晚在超市裡想買粒水蜜桃吃吃，恰好看見工作人員用推車端出優惠的水果組合。正當我準備上前看一看的剎那，嗶的一聲，從我的四面八方原本好像只是閒逛的一群婦人們（其中還有白髮蒼蒼的老太太），居然頓時全衝了上去，才不到三秒鐘，推車便空空如也。獨留被嚇傻的我站在原地。看來，日本人就算是連貌似優雅的家庭主婦，骨子裡還是保有著戰鬥力哪。

如此充滿動感畫面的新宿東口三丁目，彷佛隱藏著一個什麼回溫的按鈕似的，每當我隔了段時間再來，一踏上，就會開啟一股難以言說的生命力。然後，又總是帶著這樣的感受回到自己的島嶼，探勘著屬於我們的活力。

↑ 新宿東口彷彿隱藏著一個回溫的按鈕似的，每隔了段時間再來，就會開啟一股生命力。
↗ 以前覺得新宿很大，住在東京一年以後，似乎也變小了。

巧克力效果

二〇〇七年六月，去了一趟彼時才開幕三個月的 Tokyo Midtown。Tokyo Midtown 是一個龐大的城中之城開發計畫。商場、飯店、住宅、公園和辦公等生活機能一應俱全。當然，最能夠吸引人潮前往的主因還是其中的購物中心。不過，商場固然誘人，來到 Tokyo Midtown 如果卻只惦記著吃喝玩樂，實在就該打屁股。既然人家都那麼辛苦地拉近藝術和商業的距離，要是不在血拚之外去逛一逛，簡直是主動放棄了成為氣質型男靚女的捷徑。

Tokyo Midtown 裡有兩個重要的藝術展演中心。一個是由安藤忠雄設計的 21_21 Design Gallery；另一個則是偎研吾的三多利美術館。去拜訪 21_21 的時候，正在進行第一回企劃展：Chocolate／巧克力。坦白說，我想看這個巧克力企劃展的期待還比看安藤忠雄的建築多一些。因為這是由我喜歡的設計師深澤直人所監製的展覽。深澤直人和展出的藝術家不只利用真正的巧克力來發揮創意設計，更延伸出一種巧克力似的生活和巧克力般的人生哲學。他們稱作「are like chocolate」，也就是利用巧克力的特質，將其意象聯結到我們身邊的食衣住行和喜怒哀樂。

令我印象深刻的有兩件作品。第一件是「巧克力道路」。在美術館天井室外，深澤直人以巧克力取代柏油鋪設出一塊三角地帶，白色的斑馬線便是巧克力上的牛奶線條。雖然馬路上空無一人，卻反而思考了人與作品之間的關係。人生的道路不就是如此又甜又苦嗎？有時幸福有時膩。每個人都走在自己的巧克力道路上，只不過可可與糖的比例不同，風景滋味也就迥異了。喜歡吃巧克力的人倘若走在這條路上，恐怕會茫然的失去方向吧。所謂的摯愛，踏實的被踩在雙腳下，要不是會恢復成爬行的嬰兒期，要不就是會原地打轉，永遠到不了目的地。況且，想要過斑馬線，還必須先與螞蟻爭道才行呢。

第二件作品是植原亮輔和渡邊良重的《欲望》。影片中有兩組人馬，前一組是兩個男人在下西洋棋，後一組是一對男女在餐桌上用餐。看似跟巧克力毫無關係，有趣的是原來所有的棋子跟餐具，拆解開來，全是巧克力做成的。他們邊下棋邊吃飯，最後乾脆把一切的東西都吃掉算了。想想也是，還有什麼會比吃掉這件事情，更能感到實在的占有呢？滿腹心事，原來，全是欲望使然啊。

作家John G. Tullius曾說過，「十個人當中有九個人都愛巧克力。剩下的那一個人，總是愛撒謊。」把人們對於巧克力和甜言蜜語的偏好，一語道破。《感官之旅》的作者黛安．艾克曼也早就寫過，當我們沮喪和需要被撫慰的時候，最好食用一塊巧克力。因為巧克力入口與體內所產生的激素，是接近

21_21

→→ 由安藤忠雄設計的 21_21 Design Gallery。
→ 去看巧克力專題展時，入場時還發給每個人一片巧克力。

於性愛高潮的情緒。愈來愈多的書籍都以巧克力為主軸，讓「巧克力學」儼然和茶、酒、起司一樣，早已成為專業的美饌顯學。強尼・戴普的兩部電影《濃情巧克力》和《巧克力冒險工廠》都與巧克力和人生有關，也都是我喜歡的故事。

要價上千百元的巧克力雖然好吃，但我畢竟不是天天過著少爺的命。而且我一點也不想變成胖少爺。如果想用超市的價位品嚐到不錯的巧克力，那麼日本明治出產的「巧克力效果」是我推薦的。味道比不上我在義大利買的CHUAO，但人生有時也不必太頂尖嘛，這樣已經不差。

然而，說到底，我其實根本沒那麼愛吃巧克力。比起吃巧克力而言，我應該更記得的是吃巧克力的當下。那時候的天氣，那時候的氣氛，那時候的我們，那時候的旅行，那時候的夢想，以及那時候的愛戀。

遺憾的是，所有的東西都會如巧克力般溶化。但，正因為如此，當我們觸手可及的剎那，都應該學著釋放感官，雷達全開地掃描那一刻。於是，就算只是淺嘗即止的，就算是溶蝕殆盡了，餘韻外的記憶也將留存。

那或許，才是巧克力的神祕效果。

蒲燒鰻的精神

走回JR新橋車站，已經接近中午時分。

繞過車站前的馬路，轉進一條小巷道，我拿出從情報誌上抄下來的地址，決定尋覓著今日午食的所在地。一間專營鰻魚飯的小食堂，佐佐木。

東京是一個需要大量情報誌的城市，總有太多飲食與商家藏在密密麻麻的街道中，必須仰賴情報誌的資訊整理。某一天，我恰好看到這間位於新橋車站附近的食堂介紹，報導上寫著晚餐時段一份接近日幣兩千圓的鰻魚飯，在午餐時段只需要一千圓左右。當時，我只是直覺地先將店址抄了下來，並沒有打算要刻意前來。畢竟，我不太是個「餐廳先決」的旅人。餐廳先決的旅人，總是習慣先選擇想去的餐廳，再決定搭配餐廳所在地的遊玩行程。

雖然說我不太會為了餐館而刻意規劃行程，但此時此刻不可否認的事實是我確實人就在新橋了。那麼恰好的在新橋遇上了中午，又那麼湊巧地餓了起來，不得不承認是天時地利人和。既然距離佐佐木鰻魚飯已經是近在咫尺，此時倘若故意閃避，那純粹就是跟自己過意不去了。於是，我翻開筆記本裡抄下的飲食情報，攤開地圖，確定好了方位，開始往目標前行。

佐佐木藏身在一條小馬路所岔進去的巷弄裡。如果是不熟悉查找日本地址的人，恐怕不容易發現。食堂低調到幾乎沒有門面。這麼說當然對它不太公平，至少它確實是有門的，但，也就僅此而已。位於公寓一樓的佐佐木，整間食堂從外面看來只能見到這扇小門，無法窺見裡面的狀況。坦白說，這門面看了實在會讓人有點猶豫。因為太過低調和隱密，不免遐想是不是什麼價格高得驚人的精進料理？或是掛羊頭賣狗肉的地方？說不定還可能是在經營什麼的酒吧呢。所幸食堂門外擺放了一張Menu小餐桌；所幸我是跟著情報誌介紹而來的，否則，當我見到這樣的門面時，大約是沒有勇氣嘗試的。

佐佐木的客席是吧枱式的，只有幾個座位圍繞著料理櫃枱。這間食堂是由一對中年夫妻所開設的。先生是蒲燒鰻的料理長，頭上綁著一條毛巾，幾乎是一言不發的站在櫃枱後面，專心地在大烤架上串燒著鰻魚。至於聲音甜美的太太則負責招呼店內的客人與收銀的工作。

午間的佐佐木食堂只提供兩種鰻魚限定菜單，一個是日幣八百五十圓的「鰻魚丼」，另一個則是日幣一千兩百圓的「鰻魚重」。兩者的內容物是一樣的，差別只在於「重」的分量比「丼」來得多。每一份套餐除了主食以外，還有吸物（湯）、御新香（小菜）和沙拉。我撿了一個靠邊的位置坐下，向老闆娘點了一份鰻魚丼，然後開始滿心期待著美味在我的桌前降落。

不久，一個中年男人走進店裡，狹小的食堂就客滿了。男人一邊把西裝外

套掛在牆上，一邊嚷嚷著：「今天好熱哪！」

「是啊，忽然又熱了起來。」老闆娘親切地回應著：「真不好意思，請先喝一杯冰茶吧！」

「今天也吃『鰻魚丼』嗎？」

「不如，今天吃『鰻魚重』吧。」

「啊，好的！今天會很有元氣喲！」

日本人習慣在夏日吃鰻魚補氣。雖然現在已經是秋天了，不過今天因為天氣燥熱的緣故，鰻魚的銷量大約也增多了一些。

看起來會到這裡用餐的，大半都是熟識的老客人。老闆娘和客人之間的互動讓人備感溫馨。

佐佐木的鰻魚飯很令我感到滿意。

剛剛燒烤起來的蒲燒鰻，將魚肉的最外層烤出一片薄薄的外皮來。第一口咬下去的時候是酥脆的，接著就是軟熱的魚肉。醬汁的分量、甜味與濃稠度恰如其分，把燒烤的香氣給逼了出來，但又不至於搶走鰻魚鮮美的滋味。

至於主食旁邊附上的清湯和配菜，雖然看起來很微不足道，但在我一口一口品嚐時，才明白這些搭配肯定也是經過老闆精心選擇的。

我吃過很多在台灣的鰻魚飯料理，大概是老闆為了怕客人覺得套餐的東西太少會過於寒酸吧，所以刻意混搭了許多味道的小菜進來。這樣雖然表現出了台灣人豪邁的精神，可惜說實在的，沒有經過仔細思考的搭配，味覺的混亂只會破壞了鰻魚本身的地位。

湯，也是很重要的。起初我好奇，為什麼不是味噌湯而是清湯呢？一般人對於日本料理的附湯都直覺地認為就是味噌湯吧。事實上，在日本有很多的料理所附的均是清湯，而不是印象中的味噌湯。這種看起來似乎什麼料也沒有的湯，卻反而更讓人有回味無窮的滋味。鰻魚飯因為醬汁的緣故算是重口味的料理，所以在吃完以後，確實很適合喝下的是這樣的一碗清湯。

一次回訪台北，有一天我經過東區的一

↗ 我自己料理的鰻魚丼。當然，那鰻魚是買現成的，我只是負責放進烤箱加熱罷了。
↑ 新橋的鰻魚丼。真的能吃出師傅的用心。

條小巷子，瞥見一間日本料理店，是一間大概只能容得下六個人左右的店面。

我回想起了新橋的佐佐木食堂。

店門外掛著蒲燒鰻魚飯的菜單，價格以在台北而言，並不算便宜。我心想，膽敢開出這樣的定價，必然是很有自信的。於是，我走了進去，點了一份鰻魚定食，然而，就在我將湯碗打開的剎那，我知道，大事不妙了。

鰻魚飯所附的湯竟然是台式香菇雞湯。我很愛喝香菇雞湯，但它不應該出現在這裡。相較於佐佐木食堂僅有一至兩道配菜，這間店竟多達四、五項小菜，只能用澎湃兩個字來形容了。不幸的是，小菜的滋味卻兵敗如山倒，反而不如去挑選一樣最適合的配菜就好。最後，吃到主食也就是鰻魚時，終於忍不住升起了浪費錢的感覺。鰻魚醬、皮和肉全部濕成一團，不但沒有燒烤的口感，也吃不出鰻魚的香味，就連溫度都不夠熱。

我耐著性子吃完時，老闆開口問我：

「吃得還習慣嗎？如果是男生的話，我們的飯會給多一點，吃得飽嗎？」

「嗯，飯，很多。」我回答。

我時常期望自己做一個隱惡揚善的人。

但我心裡想的是，以台灣的餐廳服務品質來說，這個老闆已經可以給九十分了。不過，這可是一間餐廳呢，料理的本身還是最重要的吧？

「請問有沒有什麼建議？」老闆又問我。

哎呀呀。既然老闆自己都問起了，我也只好履行童子軍的誠懇原則，分享了誠實的想法。

「請問您的鰻魚是用烤的，還是真空包裝用微波爐或隔水加熱？」

我只問了這一個問題，老闆就尷尬得開始抱歉了。老闆說下次一定改進，而我也期望自己還有勇氣踏進來，見證他的成長。

一份鰻魚飯，從主食到配菜和附湯，原來不只需要烹飪的技術，還需要花心思去設計彼此的互動與搭配。

想要成為完美的主角並不容易。

至於配角，雖然只是配角，但只要盡守本分並且發揮所長，一樣令人覺得有著不可或缺的分量。

蒲燒鰻的精神，從來不只在餐桌上而已。

這樣的地方，那樣的自己

夕食

在台北時，身邊有許多從中南部北上工作的男性朋友，生活中彷彿有兩個如夢魘般的時間點，總會一遍遍循環而來。一個是遇到每個月繳交房租的時候；一個則是到了每天晚上的晚餐時段。每個月辛苦攢來的薪水，拿來揮霍在買幾件衣服上，至少眼見為憑，也能安慰自己的錢並沒有花掉，只是以宇宙物質不滅定律轉化成了另一種形式。但，錢硬是被不屬於自己的租屋給刮掉一部分，就這樣不見了（雖然確實在使用房子），總是令人感到空虛。

吃飯照理應該是愉悅身心的，不過，對外宿的單身男子卻不盡然。女孩子福至心靈時還會想練練廚藝，但大多數的男孩子卻沒有下廚的能力。就算有，每天下班那麼累，也懶得動手。他們只能選擇外食。中午在同事們的夥同下，多少會吃一點，到了晚上一個人時，想到又要吃飯，而且吃來吃去都是那些東西，就覺得胃口盡失。況且外食吃久了總覺得一成不變，非常油膩。漸漸的，入夜以後，我經常聽到外宿的單身男性朋友們苦惱的事情全是：「今晚該吃什麼？」

一個人待在東京，每天最有興致的時段除了早上跟著上班族一起擠山手線以外，就是日本人所謂的「夕食」時間。跟台北一樣，東京也是個移民城市，有許多單身居住在此謀生的外地人。當然，東京無論在哪一方面都是比台北多上好幾倍的。這些龐大的學生與上班族群，造就了為數可觀的外食人口。因為消費市場龐大使然，城市的機能也形成了因應一個人「夕食」的用餐環境。特別是針對不下廚的男性。我喜歡觀察這些隻身外食的男子，西裝上班族或是學生，比較他們和台北的不同。有時候我會跟著下班的人潮，隨意穿梭在車站附近的巷弄，看一看哪些平民小吃的人氣指數最高。不同區域聚集了背景迥異的人，大家習慣吃的東西自然也不相同，是一種有趣的文化。

很久以前就發現，在東京吃飯的環境是有性別階級的。有些地方彷佛是為男子所量身打造的，你幾乎看不見會有女性出沒。比如車站裡的「立食」或「食事處」，那種需要先在門口的販賣機買餐券，然後憑著領收書跟店裡廚師拿餐點的地方。這裡多半空間窄狹，男子並肩而坐，有些老舊的店鋪甚至照明昏暗，光鮮亮麗的年輕上班族女性若是出現在此，確實非常突兀。台灣人熟知的吉野家其實也屬於這種類型。如果是開設在地點複雜的區域裡，進來吃飯的還會有不少怪叔叔。坦白說，實在不是太高級的用餐環境。日本人見識到台灣吉野家成了窗明几淨的「餐廳」的話，相信會全體肅立。但是這

種食事處，真的便宜。每餐只要日幣五、六百就能吃到豐盛的定食。約莫是一般平價餐廳價格的一半以上。如果我決定省錢，通常喜歡到另外一間類似吉野家、名為「松屋」的丼飯店，但只選擇環境單純的文教區。前兩天，來到東京大學的本鄉三丁目，在松屋裡和一群東京大學的男生們一同吃飯，在他們喋喋不休的聊天中努力撿一些聽得懂的隻字片語，感受著東京年輕人關心的話題，是我在異地生活時的樂事。

　如果不想在外頭用餐，東京也有太多提供單身住宿者的外帶食物，

→ 夕食餐廳的男性選擇，松屋。跟吉野家不同的是，這裡的牛丼飯有附味噌湯。

→ 比起台灣的吉野家來說，日本的吉野家菜色的種類少了一點。

也是無法料理晚餐的男性會選擇的夕食據點。日本的百貨公司樓下雖然沒有小吃街，但一定都有熟食專櫃。各式各樣的壽司、便當、炸物或小菜，選個幾樣單品帶回家吃，經濟實惠又美味。不然要是勤勞點，願意自己回家煮米飯，那麼也可以到超市或無印良品選擇貨色比台灣齊全好幾倍的即食料理包。數不清的一人份料理包，全符合單身居住者的需求。還有車站附近常有一間二十四小時營業的「Origin便當」店，終日無休的提供外食者各種超值的現做便當。我常常吃飽了經過，看見店裡琳琅滿目的便當時，心裡又很想再吃一個，可惜生理已無法負擔。

真希望台北也能夠有那麼多美妙的外食選擇，重點是美味的成功率幾乎都高達百分之九十，不是虛有其表。畢竟我認為一個單身居住的男人，每天犒賞自己一頓滿足的夕食，是辛勞生活裡的第一要務。

總要吃飽了，明天，才能再上路。

注意1秒，怪我一生

每當夏天來臨，氣候漸漸炙熱了，就開始對頭髮感到不耐煩。好幾次都想把頭髮留得稍微長一點，然而只要頭髮一多了，就會覺得它處處在跟我作對。天氣悶熱時，更感覺整顆頭好笨重，不管做什麼事，彷彿都意識到頂著一頭稻草在行走。最後便還是忍不住去剪了髮。

在台北的時候，許多年來，我都固定給同一位設計師霏伶剪髮。有一陣子，霏伶準備自己出來開業，離開了原來的公司，我也打算跟著她轉移陣地。不過就在她的店尚未裝潢完成之前，天氣忽然間就燥熱了起來。那一天，實在撐不到她的新店開幕，覺得一頭亂髮的我只好破例一次，換了地方剪髮。

挑了間雜誌上介紹的髮型沙龍，完全在預料之中的，換了一個設計師，在剪髮的過程裡，我就得面對設計師希望營造出來的溫馨問答時光。尤其今天是初次見面的，問題更是源源不絕。

在我多年來固定給霏伶剪髮前，因為總找不到一個剪得滿意而可以固定下來的人，因此常到不同的地方剪髮。過程中，往往覺得最麻煩的事情是每當我換了一間店，就不得不接受設計師有如面試般的問答。

通常想要籠統地講一個答案絕對是行不通的，因為一個答案總會牽引著另外一個問題。

我的朋友說，她也有這種困擾。她曾經告訴設計師如果沒什麼話好說，可以不要聊天。她想休息，不必擔心她無聊。

我承認我雖然心底這麼想過，但迄今還沒有勇氣說出口。碰上其實對你工作領域不熟又愛追問的人，簡直沒完沒了。

偏偏有些設計師記性不好，又喜歡問，每次我都得回答一樣的問題，也不好意思提醒他，這你上個月其實問過了。

多年來，我願意固定給霏伶剪髮，因為她從未讓我有過這種疲憊感。我在乎設計師的手藝，但也在意對方如何能讓人感覺到熱情，卻不至於帶來困擾。

很久沒有更換剪髮的地方，再次體驗到問答時光，依舊很令我坐立難安。不過，當時的我並不知道，更恐怖的事情才要發生。

就在這位設計師東問西問我的工作內容，並且不時加以評論和發表高見時，忽然，我感覺到耳朵上端閃過一陣刺痛。

起初我不以為意，但就在他喋喋不休的當下，我的左耳逐漸發熱了起來。

下一秒，我看見鏡子裡的自己，深紅色的血，就從左耳上端，快速地湧了出來。一會兒，血珠重重地墜下，耳朵上又汩汩地冒出新血來。

不敢置信，我的耳朵竟然被理髮刀薄薄地削去了一片皮肉！我不是棒棒堂男孩

↑ 下北澤街上一張如此充滿怨念的大頭照。我被剪到耳朵的剎那，差不多也是這種臭臉吧，我猜。

↖ 日本實在有很多美髮沙龍店，每間店的門面都有相當的特色。不知道他們若是把客人剪到耳朵流血，會如何處理？

裡的敖犬耶，我的耳朵是有這麼長嗎？真是。以如此粗心的態度，要是直接喀擦剪開耳朵，恐怕都是有可能的吧。梵谷是因為發了瘋剪下自己的左耳，還能讓人感覺悲愴；如果只是因為剪髮而被人剪掉耳朵，未免太滑稽了。

設計師比我還惶恐（也是應該的吧），雖然傷口並不大，但因為耳朵微血管密布，血用衛生紙吸乾了，仍不時繼續冒出。好不容易，最後暫時止血了，他找了張OK繃給我貼上，不知道是否眼不見為淨。

終於，設計師不再多話了。

我用我的左耳的血，換取了一陣驚慌後的寧靜。

雖然我沒有當場發怒，但肯定也是擺出了一張臭臉。

按照親近我的朋友指出，我這人的特色是臉臭起來時，往往比發飆更恐怖一點。設計師不斷道歉，也送了禮物表示歉意，不過，在我心底的驚恐，一時之間仍難以平復。

多年來唯一一次頭髮的外遇，居然發生這種恐怖的事，難道是要提醒我做一個忠誠的男人嗎？

我忽然想起在日本的棒球場或道路施工現場，常會看見這樣的一排漢字：「注意1秒，怪我一生」。這句話要說的可不是誰責怪誰，而是指如果一時之間沒有留心注意，就可能造成一輩子的遺憾。

從今以後，我建議所有的髮型沙龍也應該懸掛起這項標示。

看殺衛玠

台灣人對日本男生的形象，大多是從日本演藝圈裡的明星而來的。

很多人都覺得日本演藝圈裡的男生很中性，甚至認為有些人俊美得像是女生。不只是明星而已，我經常聽到來過東京旅行的人，會說看見街上男生的穿著打扮時實在不敢恭維。

其實即使是東京的男生，自己也對於所謂好看的男生，持有不同的看法。有些人覺得男生纖瘦的身材，才能夠穿出多層次的洋蔥式穿衣美感；有些人則不諱言東京的男生太娘，覺得像是韓國甚至亞熱帶南國台灣的男生，充滿陽光氣味的才叫帥氣。

迴異的環境與文化，影響著男人產生了不同的外在美標準。

若要追溯起男人「美的歷史」可以遠到古希臘羅馬時代。

古希臘羅馬時代的男人崇尚力與美，於是發展出了奧林匹克運動會的盛事，而羅馬征服希臘後的帝國時代，恰逢建築技術的大躍進，提升了石雕的手藝，因此留下許多以裸體男人為雕塑的藝術品。許多人都說，這些石雕記錄了當時社會的男人樣貌，但我其實也懷疑這些流傳下來的精緻藝術品，可能只是理想的投射，一種當時的男人對於美男子典型的企求。

那個時代，一名優秀的男人除了要擁有哲學知識之外，大家更在乎的是你有沒有一副健美的身軀。

每天藉由各種運動維持漂亮的身材，是一種美德。換成現代來說，你必須天天泡在健身房就對了。如果練成了肌肉猛男，肯定會變成大家的偶像。要是米其林輪胎人誕生在那個年代，應該會被供奉在萬神殿裡膜拜。

換句話說，日本傑尼斯藝人類型的男人，雖然擁有俊秀的臉孔，但僅有少年般的平板身材時，絕對不討喜。

健身房和公共浴場在當時是男人們重要的社交場合。在這裡人人都必須脫下衣服（是的，運動必須裸體），因此，想想看，在所謂「健壯才是美」的觀念中，身上沒什麼肌肉線條的男人有多麼尷尬呢？代表這個人真是墮落，完全喪失追求「美」的精神。所以，每個男孩子當然只好咬著牙，把運動場當第二個家了。

這一切都是為了追求美。

然而「美」到底是什麼？美是那麼抽象，古希臘羅馬男人只好選擇將它實踐在身體上，這樣子不但自己看得到，他人也能欽羨。

古羅馬時代女人的地位不高，與其說是男人瞧不起女人，不如該說是男人太崇拜比自己健美的男人了。如此一來，男人會愛慕起男人也是可想而知的。同性情愛在這種環境之下既公開又私密地流動起來，他們爬過了「每個人心中都有一座斷背山」的認同階段，直接拍板定案詮釋成那是一種「接觸美的事物」的行為。全國的男人都這麼認為時，你反對，你就變成異類。

有些人聽來恐怕很難體會。其實，那只是不同的時代，對於美的價值有不同的意義和尋求。就像是中國的大唐盛世，大家視豐腴肥胖的女子才夠美，這對現代的女人來說當然也是難以接受的。

說到華人歷史，一個美好男人的外在形象，似乎很難找到類似於古希臘羅馬時代的版本。這跟中國崇尚溫文儒雅的書生，卻不重視運動有關。中國有肌肉猛男嗎？歷史上確實有一些「大力士」男人形象的存在，但是那種大力士，從來不是追求美感的，也從不被描繪成一種美。大力士只是威猛的動物性表現，跟古羅馬崇拜健美男人的原因，有很大的不同。

中國向來覺得男人的美，是一種外型的俊美，注重內在的才華洋溢和氣度瀟灑，而並非是在體格上的壯碩。這種審美價值在魏晉南北朝達到令人歎為觀止的地步。那時

↑ 若要我舉出日本男藝人當中誰有看殺衛玠的力量時，不用說當然是投妻夫木聰一票。
↗ 日本有很多性別分明的產品。這盒巧克力標榜「男人的」其實只是強調深沉的苦味而已。男人很苦嗎？我覺得日本男人確實很命苦。

候因為政局不穩，刀光血影，人心惶惶的，好不容易稍微有個短暫的一統年代，知識分子感受到人生苦短，及時行樂才是實際。人人高唱快樂為主，追求感官的刺激。最重要的是每天必須將自己打扮得光鮮亮麗，跟朋友聚在一起飲酒作樂，暗地裡比美。大夥不談百姓疾苦，才懶得管哪個官員貪污，哪個官夫人又集資買某客棧的禮券呢，只閒聊無關痛癢的生活瑣事。

於是乎，美男子在這種環境下誕生了。那年代的男孩子全都愛美，為了美，普遍吃一種叫做「寒石散」的藥。這種藥吃下去，據說靈感如泉湧，全身飄飄然的，心情也愉悅，而且皮膚會變得白裡透紅，吹彈可破。可因為膚質變得敏感了，就容易發熱過敏，所以不能穿太多衣服。因此晉朝的男人只能罩一件寬鬆的絲質薄紗，那種走起路來會隨風飄揚的質感，完全搶盡女人風采。男人們愛美又愛打屁，更愛看八卦刊物。哪有八卦刊物？《世說新語》裡的〈容止〉蒐集了一群美男子紀實，其實就是八卦私生活嘛，只差沒照片而已。

其中有個故事非常爆笑，聽過保證永生難忘。有個名叫「衛玠」的男孩子從小就是帥，只要出門，便引起洛陽城一陣騷動，大家都想爭看小帥哥，有看有保庇。不像是好萊塢可愛童星長大就醜了，衛玠成年後依舊帥氣直逼天庭。有一段時間他流離失所，後來終於有人請他去城裡做官，當地人聽到大帥哥要來的這一天，簡直當作天王巨星駕到，萬人空巷。衛玠在人潮中動彈不得，沒想到，為了滿足大家的他，最後竟然被累死了。別懷疑，是真的死了。美男子被人看到死，夠荒謬了，後來還有一句成語就叫做「看殺衛玠」。美男子美到這種地步，中國歷史上恐怕沒有其他年代可以相提並論。這是將「以貌取人」發揮到極致的社會，基本上，只要你長得帥，就吃喝不盡，可以當官，史書上還會記載你。

什麼樣的男人外型才叫做美？原來，自古中外多變化。

實際上，就是在當代的台灣也一直在轉變。爸媽那個年代，形容一個長得好看的男人，最好的名詞就是瀟灑或英俊。後來，大家習慣說「帥哥」，或者有人說「美男子」。接著出現「美型男」的名稱，最近甚至乾脆省略「美」這個字，只說「型男」了。

從帥哥到型男，名詞的演化，其實象徵著大家對於美的定義愈來愈隨性，美的價值觀更加多元化。不一定真的非要長得俊秀才能稱之為魅力。只要你能塑造出一種個性，所謂的「有型」，就可能吸引眾人的注目。

不過，倘若某一天，你有型到幾乎看殺衛玠了，可得當心。

魔術邏輯

早就在日本紅了好一陣子的日本魔術師Cyril，之前因為受邀到金馬獎頒獎典禮演出後，在台灣的知名度終於跨出了影音網站。

把漢堡從廣告招牌裡拿出來，吃兩口又塞回去，或是把街頭路人的冰淇淋變色的魔術短片，因此在網路上高頻率地傳來送去。

Cyril有在美國洛杉磯生長和法日混血的跨界背景，所以整個人散發出很不同於日本人那種拘謹有禮的形象。舉手投足之間，他全身流動著十分洋派的氣質。特別是他說日文時的口音，怪腔怪調的，就像是日劇《交響情人夢》裡竹中直人飾演的那個歐洲指揮家一樣，本身就具備了戲劇化的要素。就連木村拓哉都在綜藝節目裡模仿他。當然也沒放過凸顯Cyril口音的特質。

我的前同事小賴很迷他。那一陣子常在我們面前模仿Cyril變魔術時的神情。雖然是誇張的手勢和表情，但小賴說，這樣的Cyril滿帥的。老實說，我是不太能感受到Cyril很帥這件事，不過對於魔術，我小時候倒也是迷過一段時日的。每次經過夜市或百貨公司裡的魔術道具專櫃時，一定忍不住駐足。在觀看炫奇的變魔術過程中，每一次，我都仔細地盯著魔術師的手，認為肯定能抓出什麼破綻來。可惜到最後，我還是被魔術師給降伏了。

↑ 祕密最好不要知道太多。當我們看清了魔術背後的事實時，再不可能偽裝成什麼也不知道。
↗ 淺草合羽橋道具街上的河童，模樣很是搞笑。相傳當年此地惡水氾濫，河童就像是個魔術師般地救起不少人，遂成為吉祥物。

其中最有代表性的一項基礎魔術，就是四、五個明明看起來全是密封的鐵環，在魔術師的手上卻能自由穿梭。然而，魔術師將鐵環給觀眾檢查時，確實是不可能拆開和進入的。後來我嚷求著爸媽，他們終於願意給我買下幾組魔術道具。唯有買下了魔術道具，才能破解祕密。

記得買下道具的那一天，魔術師離開專櫃前的舞台，將我領到角落，親自示範了一次怎麼變出這些魔術來。其他的小朋友就像是以前的我，只能被擱置在專櫃前。他們的好奇心在心中愈滾愈大。

終於，那一刻，我知曉了魔術的祕密。當我離開角落，拿著我買下的祕密（然而它已經不具備祕密的資格了）準備離開之際，回頭瞥見那一群小朋友露出欽羨的目光時，我卻忽然間莫名地感到失落了。

我想，我太早知道了這個世界也許就是用祕密區隔彼此的。

祕密讓我們自以為和別人不盡相同；祕密讓我們開始追逐和探索事物的奧妙；祕密讓我們有了衝動，想要知道更多與我們貼身相關的人們的事情，比如家人、朋友與愛情。然後發現，祕密最好不要知道太多。當我們看清了魔術背後的事實時，再不可能偽裝成什麼也不知道。

當時，我的另一位女同事小琳看見小賴那麼喜歡 Cyril，誠心建議他，「應該多學幾招魔術，這樣才能吸引更多女孩子。」小賴聽了胸有成竹地回應她，「我不靠這種外在的小把戲吸引女生。我靠的是我的內在。」這句話從失戀了好幾個月卻還沒平復情緒的小賴口中說出，大概跟魔術差不多。我們姑且也就信了。

來東京以前，去 Luxy 看了一場莫文蔚的新歌演唱會。

莫文蔚在演唱會自我爆料，說她已經和交往八年之久的馮德倫分手了。她沒有說明原因，第二天的新聞報導自然就出現各種揣測版本。其中一家媒體寫道，分手的原因之一是馮德倫沉醉玩魔術，和想全力衝刺事業的莫文蔚漸行漸遠。這說法讓我覺得很有趣。原來，魔術神奇的力量可以魅惑人心，也足以使人分離。

變魔術的人，玩的終究只是一種熟練的障眼法；而看魔術的我們，明明知道所有的魔術都是假的，卻還是忍不住會被吸引。

我們或許口口聲聲說害怕戀人之間出現欺瞞，心底卻不自覺地嚮往著不按排理出牌的祕密。我們或許根本著迷於一個魔術般的，似假還真的邏輯。

一只皮箱

陪伴我走過許多地方的行李箱，如今在我的東京公寓裡扮演起另外一種角色。因為一整年除了回台灣以外，幾乎沒有再去其他國家旅行的關係，那皮箱遂成了置物箱，收納著暫時不會用到的東西。

不旅行的時候，皮箱的地位也變得曖昧了起來。

美國普普藝術大師安迪・沃荷（Andy Warhol）曾經說過，「我崇尚只居住在一個房間，一個只有一張床，一個托盤，一只皮箱的空曠房間。」當我第一次看到這句話的時候，著實被震撼了許久。這句話在平凡的用字遣詞上，散發出一股強烈的畫面感與戲劇張力，充滿了引人遐思的震撼力。

一個空曠的房間有一張床，是很能夠理解的。至於一個托盤，拿來吃飯或者擺放物品，也很合情合理。但，恐怕很少人在回答這個問題時會想到皮箱或是行李箱吧。安迪・沃荷認為，皮箱具備了良善的空間效率，可以裝滿你所需要的基本日用品。然後，他又結論道，「一只皮箱與一間空房」是精采而完美的。

皮箱與空房，看似毫無相干，但仔細想想，它們其實都各自扮演了一種空間的角色。一個是可移動的，另一個則是固定的。它們自然是因為主人的關係，才發生了彼此相遇的可能。一個人，只要有了一只裝滿貼身用品的皮箱，那麼無論流浪到何處，住在什麼樣的空間裡，在打開皮箱的那一剎那，家，也就出現了。

↑ 跟著我走過許多地方的行李箱，還有，三明治俱樂部吊牌。領行李時顯而易見。
↗ Gucci 在地鐵站裡做的廣告。用手機感應一下，就能窺見手提包裡的祕密。

話說回來，什麼樣的人，會那麼在乎皮箱的存在呢？

首先當然是視旅行為必需品的人。我是屬於這類型的人，但諷刺的是，我自助旅行經驗超過十年，卻一直到去年才擁有一只自己的皮箱。原因是我所居住的地方，平常要擺放一個大皮箱（至少容量可支撐一個月的歐洲旅行），實在是一件很占空間的事。所以過去每次出國，都只能向住在附近的姊姊借皮箱。畢竟，再怎麼喜歡旅行，若非工作所需，不可能每個月都出國。於是皮箱在不旅行的時候，就失去了它的地位。如果你的床底是無法置物的，屋子又沒有前後陽台，衣櫃又塞得滿滿的，那麼買了一個皮箱，平常究竟該堆在哪裡，肯定是個困擾的事情。

想起張艾嘉許多年前曾經唱過一首歌叫做〈行李〉，歌詞寫著「箱子的大小是旅途的長短」。基本上，我認為箱子的優劣和旅行的好壞也是息息相關的。旅行時選擇一個好的皮箱，比選擇一個友伴還來得重要。皮箱的致命傷是輪子。一旦你正在趕路，輪子卻無預警的壞了，悲劇就此開始。你必須想辦法扛起皮箱，狼狽的趕火車或趕飯店 check in，最後還要祈禱附近恰好有賣行李箱。

輪子壞了算是天意，但要是自己選錯皮箱，那就是活該。

我有一次帶錯皮箱的長途旅行經驗。

那皮箱的材質是硬殼的，本身就夠重了，裝滿東西以後更恐怖。偏偏這皮箱的拉把，不是現在一般常見的、設置在箱子背後的伸縮桿。它只有一個提環，在皮箱的側邊。當你想要移動它時，就得單手將皮箱整個的「提」起來，並且要保持提著的姿勢，往前拉，如此才能帶著箱子走。旅途中趕路，上下火車，最後提到整隻手都起繭，我當場在大太陽底下失態發飆。我完全無法理解，怎麼會有人以這種力學原理來設計出如此笨的皮箱？

許多年過去了，我有時仍懷疑，為什麼沒有人發明出一種自己會移動的皮箱呢？旅人們拿著輕薄的遙控器，輕輕鬆鬆地讓碩大的皮箱尾隨在側，一切都變得更優雅起來了。

皮箱就算再好，總也有退役的時候。

老皮箱的用途，放在一些懂得創意生活的人手上，彷彿就能獲得靈魂的新生。曾經在台北有人舉辦了一項名為「一卡皮箱SHOW自己」的創意市集，週末的廣場上聚集了許多藝術家，利用皮箱來裝置創作。皮箱的有限空間，在創意的加持下，延展出無限的可能。打包奇想，裝載夢想，能夠拉著一個可移動的空間，隨著自己的腳步走向四方，也許就是關於幸福生活的幾種說法。這一刻，我更能體會到安迪・沃荷對於皮箱意象的迷戀。

城市的換裝

城市其實跟人一樣，永遠不會只以一種形象示人。就像是每個人在面對不同的他者時，往往會不自覺的呈現出不同的層面，然後挑選出一種適合與對方相處的自己。城市，經常也是這個這樣子的。

東京之所以充滿魅力的原因之一，就是即使只是在山手線上，這繞一圈僅需一個小時的都心之中，幾乎每一站，在不同的時段，都能換裝出不同的形象。

像是銀座。白天的時候咖啡館裡盡是來喝下午茶的貴婦們，但到了晚上，貴婦們回家了，銀座換人接掌，下班後應酬的男人們走向高級酒館。

如同角色扮演，明明是相同的所在卻會在不同的時間裡出現另一種形象。有時候因為兩者落差之大，你甚至懷疑它們彼此之間是沒什麼關係的。

台北的信義商業區對我來說，也是這樣的地方。

我覺得至少存在著兩個信義區：一個是假日的，另一個則是非假日。

每到假日的時候，從台北一〇一大樓到新光三越和誠品旗艦店所形成的商圈，永遠竄動著觀光客、時髦男女和一家老小的親子團。你很難在台北市區找到另外一個商圈像這裡一樣，總在假日裡能見到整個家庭（包含祖孫檔）一起逛百貨公司和樂融融之景象。

然而，只要脱離假日，信義商圈就是另外一種形象了。

← 一座大城市每到了特殊節慶，就會換裝。像是表參道之丘，每個季節都有不同樣貌。

除了上班族以外，假日時那些主角幾乎都像被蒸發了。沒有假日「加持」的信義商圈，常常顯得過度空曠。總是被人潮簇擁著成為焦點的，忽然間又謙卑地與其他的老商圈平起平坐。

特別是在平常日的白天，差別更大。

在非假日的中午晃蕩到信義商圈時，時常難以想像昨日還是門庭若市的，今日卻門可羅雀。從星期一到星期四，整個地方都刻意低調下來，似乎為的是儲備能量，迎接下一個週末的到來。

但，變了一個形象的信義商圈，一些不容易看見的場面突然都顯影了。

其中一個有趣的場景是新光三越A4館。A4館是「信義新天地」裡為了區分各樓館而設定的編號，其他的還有A8、A9、A10。不知道是誰決定用信義計畫區的土地標號，當作辨識樓館的方式？坦白說，實在是一件缺乏創意也毫無意義的事。我老是跟朋友們搞不清楚，究竟哪一個號碼代表哪一館。原因是這些編號完全顯現不出樓館的特色。不過，A4館倒是其中比較不會搞錯的。除了它最靠近捷運站口以外，還因為它的樓下有個特別的美食街與超市。

美食街與超市的特別之處，來自於出現在這裡的人。

我發現，只要在非假日的正午時光，A4館經常成為女人聚合的場域。出現在這個時段的女人們，絕對不是十幾二十歲女孩子，大部分來說可能都是有些年紀的。有些一看穿著就知道是先生在外賺錢，而太太白天便會來享受護膚或購物的；有些則是午休時間來吃飯的媽媽級職業婦女；有些甚至是頭髮灰白的阿嬤級族群，她們會夥同幾個女性友伴來逛街吃飯。

有一次，我恰好在午餐時間和朋友約在這裡見面。在美食街點完東西，坐到位子上時，一位阿嬤級年齡的女人忽然在我面前彎下腰，溫柔地詢問：

「帥哥啊，你前面有人坐嗎？」

「啊？沒有沒有，您請……您，請坐。」

我的臉發熱了。被阿嬤稱讚是帥哥，竟然也會害羞哪。

半晌，朋友的餐點送過來了。發現我點的小菜被誤放到他的托盤裡，兩個人一陣交頭接耳。忽然，坐在旁邊的一個媽媽級的女人開口：

「沒關係嘛，誰的小菜都一樣啊！」

她身旁的女人，應該是同事吧，也開口補充：「等一下另外一個人的送來了，你們一起共享嘛。一個人兩種，兩個人就四種小菜啦！」

東京也有媽媽們聚集的購物天堂。那就是素有「婆婆媽媽的原宿」之稱的巢鴨。據說穿上這些紅內褲，就會給婆婆媽媽們帶來好運。

「對啊、對啊。」第三個女人點頭。

明明是陌生的，卻那麼親切，像是一家人似的，簡直讓我待會兒也想夾她們點的小菜了。這群女人們完全把我們當作家裡的兒子或弟弟看待。

就在這個時候，我看了看前面叫我帥哥的阿嬤，然後又張望了一下周圍，赫然發現從最左邊到最右邊的位置，前後兩排坐著的全是媽媽級年齡以上的女人。只有我跟我的朋友，兩個大男生，被夾在這群逛A4館的女人中間。

我在想，平日白天出沒於信義商圈的這群女人們，假日時都在哪兒呢？說不定，她們也會出現在這裡，只不過我從來沒有注意到。因為她們的身旁多了小孩、先生或長輩，自然而然就被打包進了一個「家庭」的單位裡去了。存在的位置、笑聲和話語，也許在別人甚至自己的眼前，因此都被淡化處理了。

就像是信義商圈的另外一種形象，她們在那個時段裡也變成了另一種女人。

然而，新興時尚的信義商圈，從來都不是只屬於年輕族群的。

A4館的女人們所幸心底還保有著渴求於美食與華服的小小享受，於是如同獲得了一則祕方，在柴米油鹽之外學習了善待自己。

我們的城市

前陣子看了日本漫畫家松本大洋的動畫《惡童當街》。

故事裡的主人翁是兩個被稱為「貓」的少年，分別是年長的小黑（二宮和也配音）和年幼的小白（蒼井優配音）。小黑和小白兩個人相依為命，在一座幾乎快要跟時代脱節的城市「寶町」裡，死命抵抗著那些想透過城市改造而獲利的政客與黑道。

為了求生，他們在大人的世界裡偷拐搶騙，甚至到了嗜血如命的地步。性格上看起來是扭曲的，然而，當兩個人跳出風雨滿樓的複雜世界時，在彼此情感的交流上，仍然保有著稚氣與單純。

小黑和小白兩個少年的互動，有著同病相憐的情誼，彷若攣生的關係裡也同時暗流著不可失去彼此的情愫。是清純的，也可以是曖昧的。

小黑說，「我是為了保護小白而努力活下來的。」小白則說，「小黑心裡少了的零件，我這裡都有喲。」

他們拳腳向外時，是冷血的暴戾；雙手相擁時，又是熾熱的感情。愛與暴力，同時結合了他們。

這部電影裡最讓我有感觸的，其實倒不是小黑和小白的關係。是那個老舊的，被迫面臨空間改造的城市寶町。

松本大洋對於寶町的形塑很令我著迷。影像俯視的角度，總是很特別的切開這個空間，讓我們從不同的觀點，拼湊起這塊領域。

與其說寶町呈現出老日本的風貌，不如說更接近於海外的華人城市。大紅大紫的圖騰，龍啊鳳的，帶著一點橫濱中國城的神祕風采，那是日本人對於中國文化最落實的想像。

櫛比鱗次的擁擠樓房，則有一點舊金山中國城的風貌。泛舊的街道，凌亂的招牌，失修的老店，更像是馬來西亞或泰國的華人社群。無論想要多麼努力的去聯結真正華人世界，永遠都還是像過了時的複製品。

《惡童當街》裡的寶町也有點這樣的況味。

一種與現實脫節的哀愁。

我對於一切被迫要改變的事物，都忍不住投以注目的眼光。

關於這樣的背景，整部電影令我印象最深刻的一句台詞是小黑跟小白經常掛在嘴邊的，恍若某種信念似的標語：我們的城市。

那是他們對於寶町的情感。守護著他們從小生長的城市，等於也守護著一切的記憶和夢想。

在東京生活的這段日子，看著這裡所發生的一切，我經常也會回想並對照起生活了三十年的城市，台北。

因為《惡童當街》的關係，我想起了在台北的某一天下午，和一位老朋友在台北一〇一地下街的麵包鋪裡吃下午茶。

這裡以前是我們常買的山崎麵包，前陣子改裝以後，賣的麵包換了，風格也從日式變成了法式。

店裡只有四張桌子。我的左手邊是空位，右手邊坐著一位優雅的老奶奶，起碼有七十多歲以上了。麵包非常的酥脆好吃，比想像中的更好。我吃到一半，鄰桌的老奶奶忽然開口了。她指著我的麵包問：「這裡面是包什麼的？」

神話故事告訴我們，忽然在路上出現跟你講話的陌生老奶奶，肯定不是個簡單的人物，不可輕易漠視。我於是非常有禮貌地回應她。

「可頌裡包的是香蕉跟巧克力。」

認識一些喜歡台灣的日本朋友，每個人都上去過 101 的展望台，偏偏我是台北人卻還沒上去過。

「好吃嗎？」她追問。

我點點頭，回答，很好吃。朋友補上一句，「還溫溫熱熱的呢！」

老奶奶聽了以後，胸有成竹地回應：

「對啊，這是剛出爐的！現在是第二次出爐。他們一天會有兩次出爐。」

哇，這麼清楚。果然不是一般的老奶奶。

不是專門賣咖啡的地方，常常會煮出令人「難忘」的咖啡。我不太放心這裡的咖啡。確定麵包好吃以後，我趕緊喝一口看看狀況如何。還好，我告訴朋友，咖啡口感也不錯。老奶奶聽到我們的對話後，又岔進我們的話題。

「對，他們的咖啡，滿不錯的。」她邊說邊點頭，笑起來：「我也想喝。但是我早上已經來喝過一次了。每天早上，我都會在麵包第一次出爐的時候來喝咖啡。下午來，就只能吃麵包。現在時間四點多，我年紀大了，不能多喝，不然晚上會睡不著。你們年輕人可以。」

你們年輕人可以，我年紀大了，一天只能喝一杯咖啡。

老奶奶強調了好幾次這句話。她的表情不多，但說這幾句話時，卻散發出一股既可愛又無奈的模樣。她準備起身離開。看著我們繼續喝咖啡，笑著搖搖頭，留下了一句話。

「咖啡跟菸，都戒不掉啊……」

我們忍不住跟著她一起笑起來。

總覺得會到一〇一大樓逛街或用餐的應該都是年輕人，但又有誰規定潮流的地方只能屬於年輕族群呢？

一個七十多歲的老奶奶，每天早晨與午後，都會到台北一〇一大樓的這間麵包鋪裡吃東西。大部分的時候也許是一個人。我不知道她的家世背景，也不清楚如果她都像今天這樣一個人來，背後是否代表著什麼；但是可以肯定，她一定是因為喜歡喝咖啡，並且懂得品嚐美味的麵包，所以才會一天兩次出現在這裡。

很多年前，我和朋友在日本神戶發生過類似的場景。

在一間下午茶店裡，鄰桌的日本老奶奶也是忽然間就跟我們主動攀談起來了。就像是在台北一〇一遇見的老奶奶那樣，神戶老奶奶跟我們縱使語言不怎麼通，但是靠著比手畫腳，她依然能侃侃而談。回想起這件事，我的朋友忍不住讚歎起來：「老奶奶們真的很敢主動跟陌生人聊天啊！」

「說什麼她們也都在這裡活了那麼久，有什麼好怕生的呢？畢竟這座城市

我覺得寸土寸金的信義區最有趣之處，就是在台北101大樓附近的建築預定地上竟還有種菜的田地。

裡有多少東西，包括這棟台北一〇一，都算她的晚輩呢。」我回答。

老奶奶不只敢主動跟陌生人聊天，必要時，也比年輕人更敢大聲說話。

有一次在重慶南路的星巴克三樓喝咖啡，忽然間，聽到樓梯處傳來氣喘吁吁的斥責聲。翻過頭去看，原來是個身形肥碩的老奶奶，兩隻手攀著樓梯扶把，吃力地上樓。看起來她的膝關節應該也不是太好。

「為什麼要把廁所設在這麼高的樓層？而且沒有電梯？要我們上個廁所都去掉了半條命。太可惡！要命哪！」

老奶奶斥責得非常大聲，三樓的人全注意到了。不久，我聽到坐在我身旁的一對年輕情侶，竊竊私語起來嘀咕著，「幹麼啊，有必要這麼生氣嗎？」

就在這一刻，我怔忡了。坦白說，見到老奶奶大發雷霆的剎那，我確實也嚇一跳，心底想著，這可是咖啡館呢。還有其他人的公共場合，老奶奶也該稍微顧慮一下吧？然而，在我還來不及得出這股想法前，我身旁的那對小情侶卻落實地說了出來。

但在我的耳朵真的聽到這股心聲的當下，卻忽然覺得，老奶奶很有理由該發脾氣的。畢竟，在這座城市裡生活那麼久的老居民們，如此積極地想要走出狹小的生活圈，這座城市卻回絕了他們。

城市不斷地改造空間，都說是往好的方向前進，卻經常毫無道理或不以為意地，忽略掉角落裡還有許多不同於我們的生活者。

如同《惡童當街》裡的小黑和小白，他們當然更有資格對這城市裡看不慣的一切，毫不怕生地發表意見。

就在這個想法迸生之際，我莫名地感到一股安心。

我知道這些人生經歷比我廣得多的人，他們正在守護此地。他們的存在，讓這座城市，有了得以安穩的理由。

這樣的地方，那樣的自己

在台灣學日文時，我的日文老師叫做橋本。橋本先生小我兩歲，是個笑起來會露出兩顆小虎牙，還有兩枚深深酒渦的年輕男人。他說話總是輕聲細語的，喜歡讀文學書，卻也熱中游泳和戶外活動，所以把皮膚曬得很黝黑。他的臉看起來其實稚氣，不過因為每次見到他，他總是穿著線條合宜的西裝，又剪了個整齊的西裝頭，於是散發出來的感覺比我還成熟。

那一天，我們聊起年紀這件事。我有些感嘆，竟然一轉眼就到了三十歲，離青春已經愈來愈遠。橋本聽了以後卻說，他好希望自己趕快變成三十歲。

「十幾歲時，還不知道自己的方向；二十歲以後，開始努力朝著目標前進；到了三十歲，經濟上有了點基礎，性格穩定下來，不那麼毛躁了，於是自我的意識和形象也更趨完整。我會喜歡那樣的自己。」

橋本說，所以他很羨慕我，已經是三十歲了。

我很少聽到有人竟然那麼大無畏地希望自己快過三十。

橋本的話，給了我一些震撼，當然也給了些安慰。

他提醒我，實在應該正面思考年紀這件事。

那時候，一個星期總有兩、三天的晚上，我會在下班後去到那間位於捷運中山站商圈的日語教室上課。那一帶因為在地緣上和日本人有較多的互動，日語補習班開得特別密集。光是在我上課的那棟大樓，就有兩家。

我上課的地方，除了橋本以外，其他的日文老師也都是日本人。他們要不是從日本總公司派過來的，要不就是在台灣已經定居下來許多年。在和日本都會風情接軌的那一帶上班，對他們來說，一切都很熟悉。有時候，上課到一半，我的眼神從二樓的教室飄向窗外，看見從日本渡海而來的Mister Donut甜甜圈、味千拉麵店和手上拎著手創館和三越百貨紙袋的行人，霎時，還真有些時空錯亂。

中山站商圈往來的日本人很多，從鄰近的林森北路上俗稱的六、七條通起，到中山北路上的老爺和晶華酒店，以及日本人鍾愛的名牌精品店，最後再聯結捷運站出口的日系三越百貨，可謂一氣呵成。

因為日本人多，在注重商機的精品店裡安排會說日文的店員是很自然的。

有一回，我去附近的一間普通至極的平價雜貨店買東西，竟看見老闆娘對著排在我前面的一群日本觀光客，毫不猶豫地說起流利的日文收銀找錢時，我真是嚇了一跳。有趣的是，那幾個日本觀光客完全沒有面露詫異之情，就那麼自然地應答，不懷疑為什麼居然連這種小店裡的老闆娘，都會說他們國家的話呢？彷彿他們仍在日本國內旅行似的。

我常常站在南京西路和中山北路的交叉口與幾個正在交談的日本人錯身。華燈初上，天色將暗而未暗的時分，倘若再來一場雨，就在這樣朦朧的視線中，以為身處於東京某個街頭馬路的交叉點。然而，卻又總在眨眼的瞬間，摩托車呼嘯而過的聲音裡回過神來，明白此刻的我，還在台北。

‧ ‧ ‧

如果按照橋本所說的，一個人，進入了三十歲世代，就能夠因為時間的洗練而變得穩重，進而將自己最好的一面給表現出來的話，我想，中山站商圈給我的感覺很接近於此。

中山站商圈的發展，一直是以一種鴨子滑水的方式慢慢成長的。她沒有信義區的驟然爆紅，也沒有歷經忠孝東路的沉寂，由於商家開得不夠久，

←在中山站的蘑菇喝下午茶，常有在東京的錯覺。

也還來不及面臨西門町那樣的汰舊換新。

許多年來，這個地方似乎就像是一個不愛搶鋒頭的孩子，看著鄰旁的兄弟姊妹眾聲喧譁，自己則是安靜地慢慢長大。不模仿別人，也不特立獨行，帶著一股低調的氣質卻也形成了自己的風格。

雖然整個商圈的腹地不廣，不過正因為如此，使得店家的屬性和來到這裡的客層比起其他的鬧區來得單純一些。

這個區域的上班大樓很多，年輕的上班族便是最主要的族群。其中，又聚集特別多的粉領階級，也就是俗稱的ＯＬ（Office Lady）。大約是因為三越百貨來台與新光合資開設的第一館，便是位於南京西路的這一間店面，很早就已經為此地的「女性特質」打下了基礎。

品牌和價格區分了此地和其他商圈的客層。來這裡逛街購物，看見街上的人，以及人與人之間的氣氛，確實跟去西門町和信義區的感覺不太一樣。

我喜歡這種內斂的感覺。

關於中山站商圈，我特別偏愛的是捷運站出口的兩側公園，也就是分別從昔日的衣蝶百貨（現新光三越）旁開始，一直延伸到長安西路和雙連站的綠色步道。

南京西路上的喧譁，一轉進這兩側的步道公園後，喧鬧全沉澱了下來。綠樹成蔭的步道上很適合散步，在和煦的天氣裡，跟朋友找個地方坐著聊天也十分合宜。當然，只是想要一個人靜靜地看本書的話，也不成問題。

在公園裡流連的人是主角，但偶爾也會出現搶戲的小動物。可別以為是貓或狗而已，事實上，幸運的話，你將會遇見一隻豬。

是的，一隻可愛的小豬。

某一天晚上，我就在公園遇見了。這小豬可是有人飼養的，全身乾乾淨淨，白白嫩嫩的，看起來約莫是白天的時候忙著睡了一天，相當辛苦，於是就趁著晚上來公園裡舒活筋骨。

沿著公園以及旁邊的小巷子裡，有許多精緻的咖啡館和異國風味的餐廳，也是中山站商圈的特色之一。我想起那隻悠閒地曬著月亮的小豬，如果被公園兩旁的餐廳主廚相中了，真擔心會有很悲慘的下場。或者，該不會牠本來就是

過去在東京住的那一年，附近有個河濱公園。我曾偶爾會騎車來這裡晃晃，後來就不曾了。因為，這台單車被偷了。

某間餐廳所精心「培育」的吧？

在商圈內眾多的下午茶店和咖啡館之中，我除了喜歡台北之家（台北光點電影院）一樓的咖啡館以外，還喜歡一間叫做「Have a Booday」的咖啡館。

這間咖啡館的空間裝潢非常可愛，手工的糕餅與餐點也很精緻，整個感覺像極了會開在東京的個性咖啡館。咖啡館其實是建立原創設計品牌「蘑菇」的寶大協力所開設的，一樓則是販售MOGU相關產品的門市。這裡偶爾會跟一些獨立製作的唱片歌手合作，舉辦小型的演唱會。於是原本吃吃喝喝的咖啡館，就搖身一變成為了藝文展演空間。

或許因為中山站商圈聚集了許多服裝設計公司的關係，漸漸地，這個區域也吸引了很多與設計相關的公司進駐。除了MOGU以外，發行《PPAPER》雜誌的包氏設計公司與相關的服裝、設計商品門市，也挑選在此營運。造型剪髮也算是另一種領域的設計。很多年以前，中山站商圈就成為了台北髮型沙龍的激戰區。

捷運步道公園的某一尾端是長安西路。一個轉角，便是台北當代藝術館。那些在巷弄之間與設計相關的產業，彷彿和它遙遙呼應。

設計公司、咖啡館、髮型沙龍、藝術空間與服裝設計的聚集點，我身邊的朋友說，中山站商圈雖然仍比不上東京青山（Aoyama）的質感，但勉強也有那麼一點點的味道。未來中山站成為雙捷運交會轉運點以後，就更發達了。

這讓我忽然想起已經離開台北，回到日本工作的橋本老師。不知道他在中山站商圈工作的那段日子，有沒有逛過這裡的店家，悠閒地喝一杯咖啡呢？在他心目中的這個地方，是否也拷貝著日本？

我其實一點也不在意，中山站是否能變成台北的小青山。反正我相信她是個不愛搶鋒頭的孩子。性格穩定下來，形象自然就會更完整。

而我將會喜歡這樣的地方，就像是喜歡那樣的自己。

張維中作品集13

東京開學
出發吧！30代的新生活

國家圖書館出版品預行編目資料

東京開學 ： 出發吧！30代的新生活
/ 張維中 著 . — 一版. — 臺北市 :
麥田，城邦文化出版 :
家庭傳媒城邦分公司發行，2009.06
面 ； 公分. — (張維中作品集 ； 13)
ISBN 978-986-173-508-5（平裝）
855 98006330

作者 張維中
企劃選書人 陳蕙慧 林秀梅
責任編輯 林品亘
美術設計 江孟達
副總編輯 林秀梅
總經理 陳蕙慧
發行人 凃玉雲

出版 **麥田出版** 城邦文化事業股份有限公司
100 台北市中正區信義路二段213號11樓
電話：886-2-23560933 傳真：886-2-2351-6320、886-2-2351-9179
發行 **英屬蓋曼群島商家庭傳媒股份有限公司城邦分公司**
104 台北市中山區民生東路二段141號2樓
客服服務專線：02-2500-7718；02-2500-7719
24小時傳真專線：02-2500-1990；02-2500-1991
服務時間：週一至週五 09:30-12:00／13:30-17:00
劃撥帳號：19863813；戶名：書虫股份有限公司
讀者服務信箱：service@readingclub.com.tw
麥田部落格：http://blog.pixnet.net/ryefield
香港發行所 城邦(香港)出版集團有限公司
香港灣仔駱克道193號東超商業中心1樓
電話：852-25086231 傳真：852-25789337 E-mail：hkcite@biznetvigator.com
馬新發行所 城邦（馬新）出版集團 Cite (M) Sdn. Bhd. (458372U)
11, Jalan 30D/146, Desa Tasik, Sungai Besi, 57000 Kuala Lumpur, Malaysia.
電話：603- 90563833 傳真：603- 90562833
印刷 前進彩藝有限公司
初版 一刷 2009年6月1日 Printed in Taiwan.
售價 NT$ 240元
ISBN 978-986-173-508-5

城邦讀書花園 www.cite.com.tw
書店網址：www.cite.com.tw

城邦 cité 麥田出版
Rye Field Publications
A division of Cité Publishing Ltd.

廣 告 回 函
北區郵政管理局登記證
台北廣字第000791號
免 貼 郵 票

英屬蓋曼群島商
家庭傳媒股份有限公司城邦分公司
104 台北市民生東路二段141號2樓

請沿虛線折下裝訂，謝謝！

文學・歷史・人文・軍事・生活

麥田出版
Rye Field Publications

RL6213

書名：
東京開學：出發吧！30代的新生活

讀者回函卡

cité 城邦

謝謝您購買我們出版的書。請將讀者回函卡填好寄回，我們將不定期寄上城邦集團最新的出版資訊。

姓名：＿＿＿＿＿＿＿＿＿＿ 電子信箱：＿＿＿＿＿＿＿＿＿＿

聯絡地址：□□□ ＿＿＿＿＿＿＿＿＿＿＿＿＿＿＿＿

電話：（公）＿＿＿＿＿＿＿＿ 分機 ＿＿＿ （宅）＿＿＿＿＿＿＿＿

身分證字號：＿＿＿＿＿＿＿＿＿＿＿＿＿＿（此即您的讀者編號）

生日：＿＿年＿＿月＿＿日 性別：□男 □女

職業：□軍警 □公教 □學生 □傳播業 □製造業 □金融業 □資訊業 □銷售業

□其他 ＿＿＿＿＿＿＿＿＿＿＿＿＿＿＿＿

教育程度：□碩士及以上 □大學 □專科 □高中 □國中及以下

購買方式：□書店 □郵購 □其他 ＿＿＿＿＿＿＿＿＿＿

喜歡閱讀的種類：（可複選）

□文學 □商業 □軍事 □歷史 □旅遊 □藝術 □科學 □推理 □傳記

□生活、勵志 □教育、心理 □其他 ＿＿＿＿＿＿＿＿＿＿

您從何處得知本書的消息？（可複選）

□書店 □報章雜誌 □廣播 □電視 □書訊 □親友 □其他 ＿＿＿＿＿＿

本書優點：（可複選）

□內容符合期待 □文筆流暢 □具實用性 □版面、圖片、字體安排適當

□其他 ＿＿＿＿＿＿＿＿＿＿＿＿＿＿＿＿

本書缺點：（可複選）

□內容不符合期待 □文筆欠佳 □內容保守 □版面、圖片、字體安排不易閱讀

□價格偏高 □其他 ＿＿＿＿＿＿＿＿＿＿＿＿

您對我們的建議：＿＿＿＿＿＿＿＿＿＿＿＿＿＿＿＿

＿＿＿＿＿＿＿＿＿＿＿＿＿＿＿＿＿＿＿＿＿＿

＿＿＿＿＿＿＿＿＿＿＿＿＿＿＿＿＿＿＿＿＿＿